著 月夜 涙
絵 鶴崎貴大
THE DEVIL IS MAKING CITY
魔王様の街づくり!
～最強のダンジョンは近代都市～

STATUS

種族	天狐
ランク	S
名前	未設定
レベル	1

筋力	S
耐久	B+
敏捷	S
魔力	S+
幸運	A
特殊	EX

スキル

変化／炎の支配者／全魔術無効
神速／超反応／未来予知

STATUS

種族	エルダー・ドワーフ
ランク	S
名前	未設定
レベル	1

筋力	A+
耐久	S
敏捷	C
魔力	A
幸運	B
特殊	S

スキル

星の叡智／万物の担い手
白金の錬金術師

『これより【創造】の魔王プロケルと
【風】の魔王ストラスの【戦争】を行う。』

「よく逃げずに来たわね。
それだけは褒めてあげるわ」

これは、味方には優しく敵対するものには
冷酷な、変わり者魔王の物語――

THE DEVIL IS MAKING CITY
CONTENTS

プロローグ 【創造】の街 3
第一話 五〇〇番目の魔王 9
第二話 魔王のお仕事 14
第三話 初めての魔物作成 21
第四話 天狐! 28
第五話 イミテートメダル 38
第六話 【創造】の力 45
第七話 アサルトライフル 53
第八話 魔王のいないダンジョン 60
第九話 ショットガン 70
第十話 スケルトン部隊 79
第十一話 【紅蓮窟】 86
第十二話 スケルトンの弱点 93
第十三話 天狐の妹 101
第十四話 エルダー・ドワーフ 111
第十五話 エルダー・ドワーフの実力 119
第十六話 戦力増大! 129
第十七話 【誓約の魔物】 136
第十八話 【戦争】 144
第十九話 初めてのダンジョン造り 157
第二十話 アンデッドの貴族 166
第二十一話 ミスリルゴーレム 177
第二十二話 絶望の先にあるのは…… 189
第二十三話 ダンジョン攻略 200
第二十四話 【創造】の魔王ロリケル 208
第二十五話 狂気に染まった風の竜 217
第二十六話 歩兵が持てる最大火力 225
第二十七話 君の名は…… 237
エピローグ 魔王様の街づくり! 249
番外編 クイナとエルダー・ドワーフの贈り物 259

THE DEVIL IS MAKING CITY

魔王様の街づくり!

～最強のダンジョンは近代都市～

著
月夜 涙

絵
鶴崎貴大

プロローグ　【創造】の街

THE DEVIL IS MAKING CITY

突然だが、俺は魔王だ。

魔物とダンジョンを造り出す能力を持っており、人間の感情を喰《く》らい糧《かて》とする。

魔王、ダンジョン、その二つの単語を聞いて、いったい何を想像するだろうか？

薄暗い迷宮？　凶悪な魔物？　悪辣《あくらつ》な罠《わな》？

それは正しい。

いわゆる、一般的な魔王が造るダンジョンだ。

そういったダンジョンでは、人間たちが魔物を狩ることでレベルをあげて強さを得るために、あるいは隠されている宝を求めて、戦いにあけくれている。

逆に魔王はダンジョンに来た人間の欲望、恐怖、絶望を喰らい糧とする。

その在り方を否定するつもりはない。

理想的な共存関係だ。

だけど、それはつまらないと思った。だから俺は……。

◇

「おとーさん、起きて。もう、朝なの」

可愛《かわい》らしい声が聞こえた。

目をあけると、ベッドに横たわる俺の体の上に、十代前半ぐらいの鮮やかな金髪のキツネ耳少女が馬乗りになりもふもふの尻尾を揺らしていた。信じられないほどの可愛らしい少女。

無防備で無邪気な笑顔がよく似合っていた。

「おはよう。起こしに来てくれてありがとう」

「やー♪　早く朝の見回りに行くの」

俺は体を起こす。ここは俺の自室だ。

別の言い方をすれば、【創造】の魔王プロケルが支配するダンジョンにある居城の一室。

俺は魔王であり、目の前にいる少女は俺が生み出した天狐《てんこ》という、伝説級の魔物だ。

その気になれば、彼女は一人で街一つぐらい滅ぼすことができる力がある。

「わかった、すぐに身支度を整えるよ。さて、今日も一日頑張るとするか」

俺は素早く服を着替え、顔を洗ってから二人で外に出た。

今日はいい天気だ。空を見上げると青空が広がっていた。

周囲には緑が生い茂り、水路が張り巡らされ、農地が広がっていた。

他の街から移り住んできた農民たちがあくびをこらえながら働きはじめ、宿屋からは慌ただしく冒険者たちが出発し、商店の売り子たちが客の呼び込みを始めた。どこから見ても、平和で豊かな街。

ここは、どうせ人間の感情を喰らうなら、笑顔と希望を喰らおう。そう決めて魔物たちと共に造り上げた人間と魔物が共存する街……アヴァロン。これこそが、俺のダンジョンだった。

◇

「今日もおとーさんのダンジョン、ううん。おとーさんの街、アヴァロンは平和なの！」

「みんな、よくやってくれている。魔王として鼻が高いよ」

一通り、見回りを終え、二人で街のはずれに向かう。商店は繁盛しており、宿屋もほぼ満席、エルフたちの果樹園は豊作で、ドワーフたちの工房も魅力的な武器や防具を造り出していた。

ゴーレムの見張りたちに挨拶し、隠された地下への通路を通る。

地下は地上の平和な光景が嘘《うそ》のように殺伐としていた。

数百のアンデッドたちがはびこる広大な墓地を抜け、爆弾を背負ったグリフォンたちが空を舞う荒野を超え、無数の地雷がしかけられた迷路を踏破する。

たどり着いたのは、小さな部屋だった。

中央に石の台座があり、青く輝く水晶が乗せられていた。

これが俺のダンジョンにして、街のコア。これを砕かれた瞬間、街も、俺の魔物たちも消えてしまう。

台座の他には、ソファーが五つぐらいしかこの部屋にはなかった。

俺と天狐がそれぞれの椅子に座って雑談していると、後から三人やってきた。

一人目はドワーフの最上位種であるエルダー・ドワーフ。銀色の髪をした幼い少女。だがその瞳には確かな知性があった。

二人目はエルフの最上位種であるエンシェント・エルフ。大人びた少女でシルクの様な金髪と翡翠色の目が特徴的だった。

そして、三人目はアンデッドの貴族であるワイト。貴族風のローブを来た骨だけの魔物。

いずれも、俺の魔物であり、信頼する幹部たちだ。

「さて、みんな。よく集まってくれた。今日、話すのは先日からもめていたあの案件だ。交渉の甲斐《かい》なく【戦争】になってしまった」

その一言で、全員の顔に緊張が走る。

俺は人間も魔物も、分け隔てなくみんなを幸せにする街を造った。

だけど、そんな街は外から見るとひどく魅力的で、どうしても手に入れたくなるらしい。

交渉で穏便に済ませたいが、毎回それで済むとは限らない。相手が実力行使に出ることもある。

今回のように。

「さあ、みんな。今から作戦を伝える。いつものように、圧倒的に、容赦なく、迅速に、蹂躙《じゅうりん》しよう」

俺の言葉に全員が頷《うなず》く。

俺は平和が好きだが、非戦論者じゃない。

地下に存在する無数の罠や武器、戦闘用の魔物たちは、平常時は水晶を守る役割を果たし、非常

時には矛となり敵対者を打ち砕く。

この街が好きだ。俺を慕う魔物たちが好きだ。この街にやってきた人々も気に入っている。全部守りたい。だからこそ、侵略者が現れたのなら、ためらいなく叩《たた》き潰《つぶ》す。

「おとーさんの魔物の力を見せつけるの」

「この前の戦いの後、たくさん武器を造った。今回の【戦争】はいい実験になる。ドワーフの技術力、見せつける」

「ふふ、久しぶりにたくさん、撃てそうですね。楽しみです。エルフの矢からは誰も逃れられませんˮ
「我が君、死体はなるべく残してください。再利用し、我がアンデッド軍団を増員します」

頼もしい魔物たちだ。まったく負ける気がしない。

さて、行こうか。平和な日常を守るための戦いに。


……これは【創造】の魔王プロケルが誕生する少し先の話だ。

第一話　五〇〇番目の魔王

目を覚ます。
ろうそくに照らされた薄暗い石造りの部屋だ。
足元を見ると、青白く光る魔方陣。
「どこだ？　ここは」
俺は体を起こして、きょろきょろと周りを見渡す。
こんな部屋は見たことがない。
どうして俺はこんなところに……。
いや、そもそも。
「俺はいったい誰なんだ？」
そう一人ごちる。何一つ思い出せない。
自分の名前すらわからない。
頭を抱えて、必死に記憶を掘り起こす。だが、何も思い出せない。
不安だ。不安で仕方ない。
そんなとき、こつん、こつんと甲高い音が響く。
そちらに目を向けると女性がいた。

とびっきりの美女だった。褐色の肌、白い髪。そして、狼《おおかみ》の耳と尾。

美しさだけじゃなく凄味《すごみ》があった。見ていて魂が凍り付くほどの、圧倒的な存在感。

「ようやく、生まれたんだ。待ちわびたよ」

短い言葉だった。だが、言葉には、喜びがあった。あきらめがあった。羨望《せんぼう》があった。

ありとあらゆる感情を込めて、絞り出された言葉。

俺は彼女に見惚《みと》れながらも、口を開く。

「教えてくれ、あなたは誰だ？　ここはどこだ？　いったい俺は誰なんだ」

俺の問いを聞いて、狼の美女は薄く微笑む。

そして、口を開いた。

「私は【獣】の魔王、マルコシアス。君は特別だから、マルコと呼んでいい」

「マルコ……、マルコは、俺のことを知っているのか？」

「もちろん、知っている。君は新しく生まれたばかりの魔王。私と同じ魔王だ」

マルコの影が伸びる、そこから一匹の青い狼が現れた。

影から飛び出た勢いのまま、こちらに飛び込んでくる。

「ランクDの魔物、ガルム。普通の人間ならあっという間に食い殺す残虐な魔物だ。さあ、君はどうなるかな？」

俺は目を見開く。

青い狼は、大きく口を開けた。自然に後ずさる。

逃げたい、だが、足が震えて動かない。

青い狼との距離がどんどん詰まってくる。

俺はほとんど、転がるようにして青い狼の突進をさける。

俺の目の前を青い狼の体が通り過ぎていった。

「ひっ」

通り過ぎる間際、カチンと甲高い音がした。歯と歯がぶつかる音。もし避けなければ、俺の肉にあの鋭い歯が突き刺さっていただろう。

青い狼は再び、振り向き、こちらに飛びかかる準備をしている。

こっちは尻もちを付き、起き上がれもしない。

このままだと、確実にやられる。

狼が、こちらに向かってよだれを垂らしながら突っ込んできた。

殺される。

いやだ、死にたくない。

死んでたまるか。

何か、何かないのか。

頭にとある言葉が浮かぶ。縋《すが》りつくようにその言葉を放った。

「【創造】」

それは、ほとんど無意識だった。

俺は、俺の力を行使する。

手に光の粒子が集まり、現れたのは、拳銃……グロック19。

オーストリアの武器メーカーが開発したベストセラーの自動拳銃。小型でありながら信頼性が高く、装弾数も多い。

手に吸い付くような感触。記憶がないはずなのに、懐かしいと思った。

銃を手にした瞬間、冷静になる。世界がゆっくりになった。

心は熱く、だが頭は何処《どこ》までも冷たく。

いつものことだ。ただの慣れた作業、目の前の脅威を排除する。

飛びかかってくる、青い狼を見つめ、照準をつける。

そして、三連射。弾丸は吸い込まれるように眉間に突き刺さり、青い狼は弾《はじ》き飛ばされ悲鳴をあげ、地面に叩き付けられた。

「きゃうん、きゃん、きゃん」

驚いた。青い狼は弾丸を眉間に受けて、まだ生きている。頭に弾丸がめり込み、血を流しながら、それでも俺を睨《にら》みつけている。

立ち上がり、油断せず近づく。青い狼を見下ろしながら連続して射撃。すべて頭にぶち込む。

グロック19の装弾数は一五発。そのすべてを撃ち込むと、青い狼はピクリとも動かなくなり、青い粒子になって消えた。

「はあ、はあ、はあ」

目の前の脅威が過ぎ去ると、急に恐怖がよみがえる。

奥歯ががたがた鳴る。

いったい、俺はなんだ、どうしてこんなことができる。

その回答が脳裏に浮かんだ。

『ユニークスキル：【創造】が発揮されました。あなたの記憶にあるものを物質化します。ただし、魔力を帯びたもの、生きているものは物質化できません。消費MPは重量《グラム》の十分の一』

ユニークスキル、それはいったい？

「おめでとう、まずは合格だ。君は自分の力を引き出すことができた。新たな魔王の誕生を私は歓迎する」

「魔王？」

「そう、魔王だ。君は悪魔や魔物を生み出し統べるもの、悪意の迷宮を造り上げ君臨するもの、圧倒的なユニークスキルを持つ選ばれた存在、この世界で五〇〇番目に生まれた、もっとも新しい魔王だ」

魔王、それが今の俺。

まったく実感がわかない。

「そう不安な顔をしなくてもいい。一年後君が独り立ちするまで、私が君の親となる。君に魔王が何たるかを教えてあげるよ」

目の前の女性が微笑み、記憶を失った俺の新しい生活が始まった。

第二話　魔王のお仕事

THE DEVIL IS MAKING CITY

「まだ、首をかしげているね。まっ、いきなり魔王なんて言われても理解できないか。しょうがない。実演しよう。魔王というものがどういうものかを」

苦笑して背中を向けた、【獣】の魔王マルコシアスこと、マルコのあとをつける。

見た目は、ただの白髪の美女（狼の耳、しっぽ装備）だというのに、魔王と信じさせる何かが彼女にはあった。

彼女に連れていかれたのは、狭い部屋だ。

壁に立てかけられた鏡を見ると、十代半ばの整った顔つきの少年がいた。これはまさか俺なのか？

妙に違和感がある。

そして、部屋の中央には、白い台座があり丸い水晶が置かれている。

そっと、水晶に手を伸ばそうとすると、その手をマルコに掴まれた。

「それは触らないでほしいな。その水晶は私の命そのものだ。それを砕かれると、魔王としての力のすべてを失う」

「死ぬのか？」

「いや、そういうわけじゃないよ。魔物を生み出せなくなり、今まで生み出した魔物たちはすべて消え、ダンジョンは消え去ってユニークスキルを失う。命はあるけど、魔王としては死んだも同然だ」

それを聞いて少し安心した。

だが、同時に不安も覚える。

もし、彼女が言うとおり、俺が魔王だというなら、どこかに、俺の水晶が存在する。

水晶のありかも知らないのに、砕かれれば魔王の力を失うなんて状況なら、平静ではいられない。

「へえ、今の一言で危機感を覚えるんだ。君は頭が回るね。でも、その心配はないよ。その水晶はダンジョンを造ったときに現れる。逆に言えば、ダンジョンを造ってない君には、存在しないものだ……【我は綴《つづ》る】」

羊皮紙でできた、重厚な本が彼女の手に現れる。

マルコはゆっくりと本を開いた。

「気付いていると思うけど、私たちがいるのは私のダンジョンの最深部、外観はこんな感じかな」

彼女がそう言うと、水晶の上にホログラムが表示される。

立派だが、薄気味悪い城だった。

「ダンジョンといっても外観は魔王それぞれだね。正統派の洞窟型もあれば、私みたいに城でもいい。森そのものなんてこともできる。君も一人立ちしたら自分のダンジョンを造ることになるから、今からどんなダンジョンを造るか決めておいたほうがいい」

「今の話がよくわかってない。一人立ちってなんだ？」

「ああ、言ってなかったね。生まれたばかりの魔王は、先輩魔王のもとで一年間魔王を学んで、その後独立して自分のダンジョンを造る。つまり、一年間は私が保護者なんだ。だから、こうして親切に教えているわけ」

いきなり青い狼をけしかけてよく言う。

「じゃあ、ダンジョンの造り方の予習をやってみよう。こう言ってみて【我は綴る】」

「うん、えっと、【我は綴る】」

俺の手に本が現れる。

自然に開く。

すると、ダンジョン作成と書かれたページがあった。

「そこにある一覧から、好きなものを選んで組み合わせるんだ。最初は外装。外から見える風景だね。そこは完全に趣味でいいかな。中身は時空が歪《ゆが》んでるんだ。実際、私のダンジョンも外から見るよりずっと広いし、恐ろしく階層がある」

俺はぺらぺらとページをめくる。

彼女の言ったとおり、さまざまな見た目のダンジョンが用意されている。すべてのページにＤＰと書かれてある。

「このＤＰっていうのは？」

「ダンジョンポイント。私たち魔王が必死になって集めているものさ。それと交換することで、書かれているものを手に入れられる。基本、凝った外装ほど高い。性能は変わらないけどね。でも、ダンジョン中身のほうは性能が値段に直結するかな」

「中身？」

「そっちは見たほうが早いかな？」

そういうなり、水晶の先のホログラムの風景が変わる。

「私のダンジョンは階層型で、上へ上へあがっていくタイプ。一つの階層は三つのフロアに分かれていて、フロア単位で購入する。私のダンジョンの場合は、一階は石の回廊っていう安いのを買ってる」

彼女の言うとおり、全部曲がりくねった石の道しかなかった。

「上の階層になると、罠とかいろいろある高いフロアを買ってるけど、最初の階は手抜きだよ」

ホログラムを見ていると、人間の男がコボルトと戦っていた。

コボルトは二足歩行の犬の魔物だ。

俺が戦った青い狼……ガルムに比べると子犬のように見えてしまう。

人間がコボルトに勝って、ガッツポーズをした。

また視点が変わる。次は宝箱を拾って人間が欲にまみれた顔をしていた。

「さっき俺が戦った青い狼みたいな魔物は使わないのか？　コボルトに苦戦しているような奴《やつ》相手ならあっさり殺せるだろう」

わけがわからない。

侵入者を撃退することを考えるなら、最初のフロアにこそ、それなりに強い魔物を配置するべきなのだ。

「それはできないよ。ＤＰはね、人間の生命の力なんだ。強い感情、恐怖、絶望、欲望がとくに美味しいね。このダンジョンに人間が集まるほど、ＤＰを手に入れることができるんだ。殺したときはたくさん、ＤＰが手に入るけど。あんまり強い魔物をはじめから入れると、人間が来なくなる。適度に倒しやすい魔物を配置しないとね」

「さっきの宝箱も、もしかして人間を呼ぶための餌か？」

「ピンポン、そのとおり。ちなみに、人間がここに来るのは強くなるためさ。人間って生き物は魔物を倒せばレベルが上がって強くなる。強くなって、お宝を手に入れて大満足で帰っていくんだ。逆に魔王はＤＰをゲットしてうはうはってわけ。ちなみにだけど、強い魔物ほど経験値が高くなるから、上の階層には強い魔物を用意しておくんだ。こっちも強い人間ほどＤＰが得られるからお得だしね。浅い階層から深い階層まで、強い順番に魔物を並べると、弱い人間から、強い人間までみんな呼べて、ＤＰがたくさん溜《た》まるの」

なるほど、そういう仕組みか。

魔王はＤＰを得るために、人間を接待している。

「なら、宝をがんがん設置して、強い魔物にわざと負けるように指示するわけだ」

「それはしないよ。だって、宝はＤＰと交換して手に入れたものを設置してるし、魔物だってただじゃない。たくさんの人に来てもらいつつ、黒字で回すのが魔王の腕の見せどころ……それにね。万が一、最奥まで来て、殺されるか水晶を壊されるかしたら終わりだ。案外骨が折れるよ。たいがいの魔王は自分がいる最後の階層は高い罠だらけのフロアを買ったり、自分に有利な補正がかかるフィールドを用意しているんだ」

俺は生唾を呑《の》んだ。

魔王という仕事の難しさと、面白さを両方知った。

だが、一つだけ疑問がある。

「人間の感情を喰らうんだよな？　そして人間を集めるために魔物と宝を餌にしているって言うけど。どうしてそんな効率の悪いことをするんだ？」

俺の言葉に、マルコは首を傾《かし》げた。

「それはどういう意味かな？」

「いや、人を集めて生活させたほうが早いかなって。いっそのことダンジョンなんてやめて街にすればいいのに。そしたら、二四時間ずっと、ＤＰを稼げるはずだ」

俺がそう言うと、マルコは声をあげて笑った。

「確かにもっともだね。でも、難しいよ。強い感情が出ている状態だとＤＰを得る効率があがる。命がけの戦闘や、宝を得る興奮。それには戦いが一番効率がいい」

「本当に？　それは一人一人で見ればそうだけど、百倍の人数がずっと住めば、その効率をひっくり返すことができるんじゃないか？」

なぜか、俺の中であまり人を殺したくないという思いがあった。

消えた記憶が関係しているのだろうか？

拳銃を持てば冷静になるような男なのに、矛盾している。

「そうかもしれない。なら、君がそういう魔王を目指すのもいいかもしれないよ。魔王の数だけ、魔王道がある。君の道を行くがいい」

「そうだな。そうする。だけど、その前にしっかりと学びたい。今のままじゃ、ただの夢物語だ」

「いい心がけだ。ダンジョン造りは見せたから次は魔物作りを見せよう。ある意味、魔王の醍醐味《だいごみ》だよ」

魔物作り。

魔物を生み出すのがどういうことか、俺の好奇心が湧き上がっていた。

第三話　初めての魔物作成

魔物作りを実演すると【獣】の魔王マルコシアスは宣言した。

「ダンジョンを造るのは大事だけど、同じぐらい魔物を作るのも大事だよ。なにせ、魔物は私たち魔王を守ってくれるし、人間たちを呼び出す餌になる」

そのとおりだろう。基本的に人間はレベルを上げるためにやってくる。

魔物がいないと意味がない。

「で、大前提だけど魔物を手に入れる方法は大きく分けて二つ、一つ目、DPを使う。ただし魔物の強さはSランクからGランクまでの八段階あるんだけど。DPで買えるのは、FとGランクだけ」

「買えるのは弱い魔物だけってわけか」

「例外として、DPとの交換以外で強い魔物を生み出したことがある場合、その魔物と同系統かつ二ランク下の魔物を、購入することはできる。例えば、私はAランクのケルベロスを作ったことがあるから、CランクのオルトロスをDPで買える」

なるほど、つまり強い魔物を用意したければ、DP以外の手段で、魔物を作らないといけないということか。

「実演しよう。DPを使わない魔物の作り方。それは魔王自身のメダルを使うんだ。見ていて【流出】」

彼女がそう短く言うと、金色の狼が描かれたメダルが現れた。

それは、強烈な力を秘めているようで、強い魔力を感じる。

マルコはそのメダルを俺に投げ渡してきた。

メダルをもった瞬間、そのメダルの情報が流れ込んでくる。

『【獣】のメダル。Aランク。生まれてくる魔物に獣の因子を与えることができる。身体能力および生命力に補正大』

「各魔王は一月に一回だけ自らのシンボルを刻んだメダルを生み出すことができる。私の場合は【獣】のメダルだ。メダル二つを掛け合わせると、魔物が生まれる。君も【流出】と唱えてみて」

「面白そうだ。やってみる。【流出】」

俺の手にメダルが現れる。

メダルに描かれたのは二つのらせんが絡み合う絵。

そのメダルの正体を確認する。

『【創造】のメダル。Aランク。【創造】以外の二つのメダル（オリジナルを含む）を使用して魔物を合成する際、使用可能。製作者が望む属性のメダルに変化し合成可。また、無数の可能性から、望む可能性を選び取る　※一度変化した属性には二度と変化できない』

なんだこれは？

普通は二つのメダルで魔物を生み出すのに、三つ使わないと魔物が生み出せないなんて、恐ろしく不便じゃないか。

「さあ、私の【獣】と君のメダルで新たな魔物を生み出してみよう。オリジナルのメダルが二つ。

とんでもなく強い魔物が生まれるはずだ」

期待に満ちた目で、マルコは俺を見つめている。

だが、残念なことに俺のメダルでは魔物が作れない。

「悪い、作れない。俺のメダルを見てくれ」

俺は彼女にメダルを投げる。

俺が【獣】のメダルの正体に気付いたように、おそらく彼女も【創造】のメダルの正体に気付くだろう。

マルコの顔色が変わった。

「なに、このめちゃくちゃなメダル……いくらなんでも強すぎる」

その表情は驚愕《きょうがく》に染まっていた。ありえない。そう彼女は短く呟く。

「そうなのか？」

「いいかい、生まれてくる魔物の力は、メダルの力の総量に比例する。二つしか使えないはずのメダルを三つ使える時点で反則もいいところだ。それに、【創造】はランクAメダル。ランクAのメダルの力がそのまま追加で増えるなんて……それだけでもずるいっていうのに、好きな属性を与えられる？　無数の可能性から選べるだって⁉」

マルコは鼻息を荒くする。

「それはそんなにすごいんだ」

「すごいなんてもんじゃない。いろんな魔物を作るために魔王たちは、他の魔王たちの属性を象徴するメダルを苦労して集めるんだ。だけど、望む属性を得られるってことは、【創造】さえあればなんでも魔物が作れるってことなんだよ」

言われてみればそうだ。好きな属性を額面どおりにとるならすさまじい汎用性《はんよう》だ。

「ほかにもね、同じメダルで同じ魔王が魔物を作っても現れる魔物はそのときどきで変わるんだ。例えば、私の【獣】メダルだって、ライオンが出るか、狼が出るか、ハムスターが出るかわからない。【獣】ならなんでも可能性がある。だけど、その【創造】は、その可能性の中から選べる。こんな理不尽はないよ」

俺は生唾を呑む。

どう聞いても、壊れているほど高性能なメダルだ。

「君、他の魔王にはそのメダルの性能を言わないほうがいい。嫉妬で殺されるから」

「マルコは大丈夫なのか？」

「私は君の親だしね。それにもう私は……。でも、困ったな。私の【獣】と君の【創造】だけじゃ、魔物を作れないか。なら、仕方ない。出血大サービスだ。これもあげよう。別の魔王から手に入れたメダル。しかもイミテートじゃないオリジナルだ。Ａランクのメダルが三つ。どんな化け物が生まれるか、震えが止まらないよ」

マルコは【獣】と【創造】に加え、【炎】のメダルを俺の手のひらに置いた。

『【炎】のメダル。Ａランク。生み出す魔物に炎の属性を与える。生命力、身体能力、魔法攻撃力に補正大』

これもまた、Aランクだ。彼女の口ぶりだとAランクのメダルというのは相当珍しいのだろう。

「さあ、あとはメダルを握りしめ、【合成】と唱えるだけだ」

心臓の鼓動が期待感で速くなる。

俺は頷《うなず》き、祈りを込めて口を開く。

「【合成】」

手のひらから光がこぼれる。

まばゆい光だ。

熱が暴れる。

そっと手を開くと光が広がり、空中に影を作る。

【獣】と【炎】が一つになっていく光景が脳裏に浮かぶ。

ありとあらゆる可能性が次々と流れていく。そんななか、直観で一つの可能性をつかみ取る。

さらに、【創造】の力で、最後の一ピースをまだ見ぬ我が魔物に付け加える。

俺は、何がほしい？

新しい命に何を求める？

答えは決まった。

最初に生み出すのは友達がいい。ずっとともにいられるような、話し合い、笑えるような。

【創造】が【人】へ変化する。

【獣】と【炎】に【人】の属性を加えた。

そして、新しい命が完成した。

光がやむ。

そこに彼女はいた。

黄金を溶かしたような美しい金色の髪、ピンと立った金色で先が黒い狐耳。そして、もふもふふかふかな狐の尻尾。

なにより美しかった。

十代前半の少女。未成熟で、だからこその危うい魅力に満ちた体。

「まさか、天狐。こんなの、魔物じゃなくて、ほとんど魔王の領域じゃ……Sランクなんて、私でも初めて見た」

マルコが、興奮と恐れの入り交じった瞳で彼女を見ていた。

俺も、少女の秘めた力で震えが止まらない。

「……」

少女が目を開く、紅色の瞳。

その目が真っすぐに俺を見ていた。あまりの美しさに声を失う。

少女の健康的な色をした唇が開く。

「おとーさん！」

そして、俺に飛びついてきた。

その姿には、さきほどまでの神秘的な雰囲気なんてみじんもなかった。

第四話　天狐！

「おとーさん、おとーさん！」

一二歳ぐらいのキツネ耳美少女は俺をおとーさんと呼びながら、抱き着いて胸板に頬ずりをする。

温かくて柔らかくて、可愛くて、もうどうにかなりそうだ。

「えっと、初めまして。俺が君を生み出した。俺の名前は……」

えっと、なんだっけ？

そういえば、まだ自分の名前を思い出していなかった。

キツネ耳美少女は離れ、不思議そうな顔で俺を見る。

「伝えるのを忘れていたね。創造の魔王プロケル。それが君の名前だよ」

そんな俺に、マルコは優しく教えてくれる。

プロケル。小声でつぶやくとしっくりきた。

創造の魔王プロケル……それが俺の名前。

「俺ですら知らない名前を知っているということは、マルコは俺の過去を知っているのか？」

「いや、知らない。私は上から創造の魔王プロケルが新たに生まれるから面倒を見てやってくれって頼まれただけ。君について、それ以上わからないよ」

「さっきから、生まれた、生まれたって。それだとマルコと出会うまでの過去なんて存在しないみたいじゃないか」

マルコの話を真に受けると俺は生後一日以下の赤ん坊となる。

「そのとおり。君は生まれたての赤ん坊だ。まあ、魔王はある程度の教養と知識をもって生まれてくるから勘違いしやすいんだけどね。君に過去なんてものは存在しない」

それは嘘だ。

記憶がなくてもそれはわかる。

なぜなら、青い狼と戦ったときに使った、【創造】で俺はグロック19という自動拳銃を呼び出した。

だが、俺の【創造】は……。

『【創造】：あなたの記憶にあるものを物質化します。ただし、魔力を帯びたもの、生きているものは物質化できません。消費ＭＰは重量《グラム》の十分の一』

つまり、俺はグロック19を知っている。

過去が存在しないなんてことはありえない。

だが、それを彼女に問いかけても無駄だろう。

「むうう、おとーさん。わたしと話していたのに、他の人と話をするなんてひどいの」

目の前のキツネ耳美少女が頬を膨らませる。

ほとんど無意識に頭を撫《な》でると、彼女は気持ち良さそうに目を細めた。

なに、このかわいい生き物。

「ごめん、改めて自己紹介しよう。俺は創造の魔王プロケル。プロケルと呼んでくれ」

「わかったの！　プロケル様！　でも……おとーさんがいいの。おとーさんって呼んじゃダメ？」

上目遣いでキツネ耳美少女は俺の顔を見つめる。

おとーさん。その甘い言葉が俺の中で何度も繰り返される。

「もちろん、いいよ。俺は君のおとーさんだからね」

「やー♪」

少女は俺の首に手を回し、よりいっそう強く抱き着いてきて、もふもふのキツネ尻尾を振った。

「おとーさん、大好き。えっと、次はわたしの自己紹介なの。わたしは種族が天狐！　すごっく強いの。名前はね……名前はまだない」

お前は、夏目漱石か⁉

そんな突っ込みが出そうになる。あれ？　夏目漱石ってなんだっけ。

このあたりは俺の消えた記憶が関係しているのだろうか？

そもそも、魔王になる前、俺はいったい何だったのだろう。

「おとーさん、わたしに名前つけて。おとーさんに名前、呼んでほしい」

抱き着いた体勢から顔を離し、上目遣いになるキツネ耳美少女。

もちろんいいに決まっている。

かわいい名前を考えないと。

「よし、いい名前を思いついた。君の名前は……」

名前を告げようとした瞬間、俺の口をマルコがふさぐ。

「ストップ、魔王は配下に軽々しく名前をつけちゃだめだよ。特に最初の三体はね。さすが天狐。頭が回るし、ずるがしこい」

少し慌てた様子で、マルコは告げる。

キツネ耳美少女は、俺から離れて少し目を泳がせている。

「いいかい、名前を得ることで魔物は、ただ一種族の有象無象《うぞうむぞう》からユニークモンスターになる。魔王の場合は、魂を繋《つな》ぐことになるんだ。自らの力を分け与え、逆にその魔物力を受け入れる。とくに最初の三体は、【誓約の魔物】と呼ばれ結びつきが段違いに強い。やり直しはできない。生涯ともにいる覚悟がなければ、つけちゃいけないよ」

キツネ耳美少女の可愛さにめろめろになっていた頭が急に冷える。

「天狐は、炎属性としても獣属性としても最高位の魔物。強さも圧倒的、特殊能力も優れ、頭もすごくいい。だけど、能力だけじゃなくて性格や相性もきっちり見ないと、名前を与えるべきじゃない。君、あっさりと三体にしかできない、【誓約の魔物】を作る権利を失うところだったよ」

マルコがキツネ耳美少女を睨《にら》む。

すると、キツネ耳美少女は顔をそらす。下手な口笛を吹いていた。

実は、この子は腹黒かもしれない。

「魔王が生み出した魔物は、絶対服従だし、魔王を傷つけることはできない。でも、打算がないわけじゃない。知性をもつ魔物には注意が必要だよ。ねえ、天狐」

マルコの詰問に耐えきれなくなった、キツネ耳美少女はなぜか、その場で宙返り。

少女の姿から、可愛らしい子狐姿になる。

もふもふで、手の先は真っ黒で少女のときとは違った可愛さだ。

「わたし、子狐だから難しいことわからないの！」

明るい口調でのたまった。

明らかにごまかそうとしている。だが、それでも……可愛すぎる。

俺は堪《こら》えきれずに子狐を抱っこした。

もふもふでさらさらで、最高の抱き心地。

「子狐だから仕方ないよね。名前がほしかっただけだよね」

「おとーさんの言うとおりなの。お名前ほしいの」

心が揺らぐ。

だが、さすがにそれはできない。

優しく、子狐を下ろす。

「名前をつけてあげたいけど……それは、君の力と性格を確認してからにする。ずっと一緒にやっていけると思ったときは、改めて名前を与えるよ。それまでは、君の種族である天狐って呼ばせてもらう」

「わかったの！　おとーさんの力になれるところをいっぱいいっぱいアピールするの！　そしたらお名前をもらうの！」

一瞬、天狐がつまらなさそうな表情を浮かべたのをちゃんと見ている。なんて打算の高さだ。

だが、そういうところも小悪魔的でかわいい。

「ふう、危ないところだったね。基本的に魔王は、高い知性を持つ魔物や、言語を使える魔物は避けるけど、初めての魔物がそれなんて、君はある意味もっているよ」

俺は首を傾げる。

「どうして？　話せると指示が出しやすいし、頭はいいにこしたことはないはずだ」

俺の言葉に、マルコは首を振る。

「今みたいに騙《だま》されそうになるし、何より情が出る。魔物は、私たち魔王の盾で人間を呼ぶ餌で消耗品。変に話したりするとね、いざというとき、魔物を使えなくなる」

なんだ、そんなことか。

その心配はない。

「大丈夫だ。俺はこの子を使い潰さない。この子は最初の魔物だし。生み出すときにずっと共にいられるような子を望んだ。一緒に戦い、生き残る。だから大丈夫……それに冷たいけど、ちゃんと使い潰すための魔物も作るし、使いつぶすことが前提なら、それに見合った性能で生み出す」

「……ちょっと安心した。それに君が怖くなった。ある意味君は、他のどの魔王より冷酷かもね」

マルコは苦笑する。

そして、ポンと手を打った。

「もう一つ教えてあげる。この世界の生き物はね、相手を注視するとレベルが見える。そして魔王の場合、自分が作った魔物のステータスは詳細に見られるんだ。……まあ、私のようにスキルがあれば人の魔物だって覗《のぞ》けるんだけどね。天狐のステータスを見てみるといい」

「わかった。天狐。見るよ」

「やー♪」

子狐姿の天狐がコンっと同意の声をあげてくれたのでステータスを見る。

種族：天狐　Ｓランク
名前：未設定
レベル：１
筋力Ｓ　耐久Ｂ＋　敏捷《びんしょう》Ｓ　魔力Ｓ＋　幸運Ａ　特殊ＥＸ
スキル：変化　炎の支配者　全魔術無効　神速　超反応　未来予知

なるほど、これがステータスか。

「ステータスはランクで見えるんだな」

「そうだよ。一番重要なのは種族のランク。例えばステータスのランクってさ、Ａランクの種族とＳランクの種族じゃ意味が違う。種族ＳランクのステータスＡって、ＡランクのＡ＋相当だし、ＢランクのＳ相当なんだ。あとはレベルをあげると、ステータスのランクに応じて能力があがっていく」

わかりやすい説明だ。

それを踏まえて、天狐のステータスを見てみる。

Ｓランクの種族かつすべてのステータスが超高水準。

「なあ、天狐のステータスってどっからどうみてもぶっ壊れてないか」

「ぶっ壊れてるね。君の【創造】のメダルの力だ。そもそも、Ｓランクの魔物なんて魔王には作れない。上のほうからの褒美で渡されることがあるぐらい」

通常、二つしか使えないメダルを三つ、それもすべてＡランクのメダルを使ったことでこんな、とてつもない力を持った魔物が生まれたのだろう。

「えっへん、天狐は強いの！」

俺たちの気持ちを知ってか知らずか、可愛らしい子狐は誇らしげに胸を張る。

……こんな可愛い子狐が圧倒的な力をもっているなんて誰が信じるだろう。

「魔物の作り方はわかった。この調子で、どんどん魔物を作っていこう」

戦いは数だ。

どんな強い魔物も、数倍の数に囲まれたらどうしようもない。

そこで、ふと思い出す。

「魔王がメダルを作れるのは一月に一回か……遠いな」

そのスパンにはあまりにも長い。

「まあ、オリジナルメダルを使う方法なら、一月に一回が限度だね。それに、魔王なら毎回自分のメダルを使うのは考え物だよ。他の魔王との交換用にもっておくのも重要な戦略だ」

たしかにそうだ。

特に俺の場合、自分のメダル以外に二つのメダルが必要。

今回は、マルコの好意でメダルをもらえたが、毎回そういうわけにはいかない。

自分の力で他の魔王のメダルを得る必要がある。

「理解したよ。魔物を作る手段は三つ、Ｆランク、Ｇランクの弱い魔物をＤＰで買う。一度作った魔物と同系統かつ二ランク下の魔物をＤＰで買う。ほかの魔王と交渉で手に入れたメダルと自分の生み出したメダルを合成する」

この三つが軸だ。

たぶん、二番目が主軸になるだろう。ＦやＧは弱すぎて使い物にならない。だが、三番目の方法は一月に一度が限界。

なら、それなりの強さの魔物を数多く作れる二番目がメイン。

例えば、俺ならＳランクの天狐を作ったことで、彼女と同系統のＢランクの魔物を買えるようになった。これは大きい。

ただ、二番目で買える魔物のバリエーションを増やすためにも三番目のメダル合成は続けないといけない。

「補足しよう、実はメダル合成には抜け道がある。さっきから、オリジナルメダル、イミテートメダルって言い方をしていたよね。その意味と有効活用の仕方を教えてあげる。一番多く使うのはイミテートメダルなんだ」

そうして、マルコ先生の魔物講座は続く。

イミテート……直訳すると模造。そういえば、俺の創造メダルの条件にも、オリジナルを使った配合でないと使用できないとあった。

イミテートメダルとはどんなものだろうか？

第五話　イミテートメダル

「君も気づいたと思うけど、今まで教えた方法じゃ強い魔物の数を揃《そろ》えることは、すごく難しい」

俺は頷く。

一月に一度しか使えない魔王のメダルがどうしてもネックになる。

「でもちゃんと道は用意されている。さあ、魔王の書を呼び出してみよう」

「【我は綴る】」

俺の言葉に反応して、手に、羊皮紙でできた分厚い本が現れる。

「メダルのことを考えながら、ページをめくって」

言うとおりにすると、メダルが書かれたページが現れた。

「そこにはきっと、【獣】、【炎】、【創造】、三つのメダルが書かれているはずだ」

俺はページを確認する。

しかし……

「マルコ、違うよ。俺のページにあるのは、【獣】、【炎】、【人】だ」

「えっ、嘘」

マルコが俺のページを覗き込む。

「なるほど、そういうことか。本来、私たち魔王はね、合成に使ったことがあるメダルをＤＰと交

THE DEVIL IS MAKING CITY

換で手に入れることができるんだ」

「それは楽でいい。メダルなんて使い放題じゃないか」

一月に一回という誓約が外されるのは非常に助かる。

ＤＰとの交換レートは５００ｐｔと書いてある。

最低二枚を使うということを考えれば、１０００ｐｔで魔物が一体作れる。

「まあ、本物と同じというわけにはいかないけどね。魔王が生み出すメダルをオリジナルメダル。ＤＰと交換したメダルをイミテートメダルというんだけどね、イミテートはオリジナルに比べてランクが一つ落ちる」

「ランクが落ちると何かまずいのか？」

おそらく生まれてくる魔物のランクに関係するとは思うが念のため確認しておこう。

「どうして【創造】ではなく、【人】がイミテートに登録されたかは置いといて、まずそっちの話をしようか」

ごほんっ、とマルコは咳払《せき》いをすると説明を始めた。

「例えば私の【獣】はＡランクだけど、イミテートはＢランクに落ちる。メダルのランクがそのまま生み出される魔物のランクに直結する。例えばランクＡのメダル同士だと、三分の二の確率で、Ａランクの魔物。三分の一の確率で、Ｂランクの魔物になる。ランクＡとランクＢのメダルだと三分の一の確率でＡランク、三分の二でＢランクの魔物って確率だ」

やはりそうか。

そのデメリットは大きい。

イミテートではSランクの天狐は作れなかっただろう。せいぜい、Aランクの魔物だ。

「繰り返すけどイミテートを合成に使ったところで、ＤＰでそのメダルを交換できるようにならない。だからこそ、魔王たちは他の魔王のオリジナルメダルを喉から手が出るほどほしがっているし、逆に自分のオリジナルメダルを人に渡したくない。なにせ、ランクが落ちるとはいえ、自分のメダルを使いたい放題にされちゃうからね。交換するときも、オリジナルメダルを材料にするのはよっぽどのことがない限りないな。イミテートを渡すよ。イミテートでもありがたいけどね。手持ちにない属性の合成ができるし」

確かにそのとおりだ。

魔王たちがもっとも合成に使うのは自分の属性だろう。

相手に自由に使わせたら、自分の魔物たちの手のうちがばれかねない。

「覚えておくといい。魔王は常に他の魔王のメダルを狙っている……そして、君のメダルのぶっ壊れ具合がまた一つ増えたことがわかったよ。ここからは、なぜ【創造】ではなく【人】がイミテートの項目に増えたかだ」

緊張感ある口調から、一転、マルコはあきれたような口調で呟《つぶや》く。

「君の【創造】メダルを使用時に、イミテートが作れるようになるのは【創造】そのものじゃなくて、合成する過程で君が望む形に変化した結果のイミテートを使える。他の魔王が苦労して、奪ったり、取引したりしてオリジナルメダルを手に入れ、地道にレパートリーを増やしている中、君は合成するたびにどんどん、勝手にレパートリーが増えるってわけだ」

「確かに俺は天狐を作るときに、【創造】を【人】に変化させた。納得したよ。一度【創造】を変化させた属性には二度と変化できないっていう制限も、それなら対応できそうだ。【人】みたいな使いがってがよさそうな属性が使えなくなるのは痛い」

「羨《うらや》ましすぎて殺意すら覚えるよ。私たち魔王がどれだけ苦労して他の魔王のメダルを手に入れているのか考えたことがある?」

マルコの目が笑っていない。

「ふっふっふっ、天狐のおとーさんはすごいの!」

なぜか、天狐が得意げにしている。

だが、俺は同時に弱点にも気づいていた。

「いいことばかりじゃないな。他の魔王って、自分のメダルとイミテートの組み合わせで強い魔物を作れるけど、俺にはそれができないからな」

「まあ、確かにそうだね。私は自分のオリジナルの【獣】メダルとBランクのイミテートメダルだけで、たいていBランク。運が良ければAランクは作れる。でも、君の場合、他の魔王のオリジナルがなければ何もできないからね」

【創造】のデメリット。少なくとも一つはオリジナルメダルではないといけないというのはかなり大きい。

他の魔王のオリジナルメダルありきの力。

だからこそ、これだけ壊れている性能なんだろう。

オリジナルメダルを手に入れる方法はいろいろ考えなければならない。それも安定供給が必須だ。

他の魔王がAランクの魔物を増やし続けるなか、【創造】メダルを腐らせるのはあまりにももったいない。

【創造】と交換が王道だが、俺の場合秘密を隠すために、それもできない。

「マルコ、勉強になった。イミテートメダルは使える。【創造】を使わなくても、イミテートのBランクメダル二つでBランクの魔物は作れる。それがわかっただけでも収穫だ」

DPさえあればそれなりの魔物を作れる。

それに、本を見ると今回天狐を作ったことで、二ランク下の同系統の魔物、妖狐が買えるようになっていた。Bランクなので頼りになるはずだ。

天狐の系統は、Sランクの天狐、Aランクの九尾、Bランクの妖狐と連なっている。

ちなみに交換レートは、1200pt。イミテートメダル二つより少し高い。

「その気になればいつでも魔物を生み出せるのはわかったが、レベル1の状態で生み出されるのはしんどいよな。生み出した魔物を毎回育てるのはしんどそうだ」

いつの間にか、マルコと俺の会話に飽きて、子狐姿で丸まって眠りはじめた天狐を見て漏らしてしまった。

彼女がレベル1ということは、今後生まれてくる魔物も全部レベル1のはずだ。

さすがに高ランクの魔物でも、レベル1では使い物にならない。

「あれ、おかしなことを言ってるね。魔物を合成するとき選べるはずだよ？　レベルが固定になる代わりに、種族に応じたレベルで生み出すか、レベル1で生まれる代わりに種族に応じたレベルの先にレベル上限があって、ステータスが良くなる魔物を生み出すか。よっぽど愛着があって、幹部候補にするつもりじゃなければ、固定レベルを選ぶよ」

まったく、気付かなかった。次からは意識してみよう。

おそらくだが、天狐を生み出すときにずっと共にいられる存在を願った。だからこそ、無意識のうちに成長する魔物を選んだのだろう。

固定レベルで魔物を生み出すのは当分先だと思っている。俺はまず、三体の【誓約の魔物】を揃えたい。

三体は、最後の瞬間まで信じあえる最強の仲間にするつもりだ。

レベル上限が高く、性能の高い変動レベルでの合成以外ありえない。

それより、もっと気になっていることがある。

「ＤＰできることがわかったけど、そもそもどうやってＤＰを手に入れるんだ？」

それが、最大の問題だ。

何せ、魔王の書を開けば自分の所持ＤＰが50ｐｔしかないことがわかった。

イミテートメダルは５００ｐｔ。それを考えると微々たる量だ。

「自分のダンジョンにいる人間から自動的に入ってくるんだけど、君にはまだダンジョンがないから無理。一応、魔物か人間を殺して、直接魂を喰らって稼ぐという方法もある。魔王にはそれができるよ。実際、君も私のガルムを喰らってＤＰを得ている」

なるほど、それで50DPだけあったのか。

後者は真剣に検討しないと。

一年間、魔王について教えてくれると彼女は言っているが、逆に言えば、その準備期間である程度、独り立ちの準備は進めないといけない。

最低でも、【誓約の魔物】。俺の親衛隊になる三体を生み出し、高レベルにしておきたい。

「それとね、お小遣い。先輩魔王は後輩魔王にお小遣いをあげる義務がある。オリジナルのメダル三枚と2000DP。逆に言えば、これ以上はあげちゃいけない決まりなんだ。君にはもう、【獣】と【炎】をあげたから、メダルはあと一つ、【土】をあげよう。あと、DPは……えい」

マルコが俺の魔王の書に触れる。

すると、残高が増えて2050DPとなった。

「人間や魔物を殺さない限り、一年間君は2050DPしか使えないし、メダルっだって、ちゃんと考えて使いなよ。一応ね、私のほうで、このダンジョンで狩り場を用意してあげる。ある程度レベルがあがったら、危険で効率がいい私のダンジョンの外の狩り場もね」

俺は頷く。

そして、頷きながら必死に、2050DPの使い道を考えていた。

イミテートメダルだけに費やせば、四枚のメダルを作って終わり、ランクB以下の魔物二体で打ち止めだ
この使い方で俺の今後が決まるだろう。

魔物を作ったあとは、解散となった。

マルコに、魔王は魔物を異次元に収容する能力を持っているということを教えてもらった。

収容している間、魔物の時が止まり収容した状態で変化しない。そして、呼び出したいときにいつでも呼び出せるそうだ。

ただ、収容できる魔物の数は十体だけ。十体を超える魔物は自らのダンジョンに住処《すみか》を用意しないといけないらしい。

ただ、この収納は魔物の管理をしやすくするためというよりも、むしろいつでも呼び出せる戦力を手元に置いておくところに重点が置かれているらしい。

確かにそうだ。

いつでも最強の切り札が呼び出せるのは心強い。

付け加えると奇襲性も高いだろう。

例えば、街の中に単身で乗り込み凶悪な魔物を呼び出し暴れさせるなんて手段もとれる。

「というわけで、天狐。収納されてくれないか」

「ううう、やだ。おとーさんと一緒がいい」

天狐がぶんぶんと首を振る。

今は子狐の姿ではなく、一二歳前後のキツネ耳美少女の姿に戻っている。

「でも、ベッドは一つしかないんだ」

マルコは三二階層にある居住区へ俺たちを転送し、そこの階層主であるサキュバスに俺たちを紹介してくれている。

主にこのエリアは人型の魔物が住んでいるようで、マルコの魔物たちがせわしなく行き来していた。

三二階層ということは、すくなくとも他に三一階層あり、魔物を配置しているはずだ。いったいマルコは何百匹の魔物を従えているのだろうか。

居住区というだけあって、いくつもの家が並んでおり、そのうちの一つを自由に使っていいと与えてくれた。

家の中には一通りの家具が揃っており、不便はなさそうだ。ただ、ベッドが一つしかなく一人暮らし前提の家だろう。

「なら、おとーさんと一緒に寝るの！　天狐、おとーさんと一緒に寝たい」

天狐がいい案を思いついたとばかりに目を輝かせてそう言った。

「一応、魔王と魔物とはいえ男と女だ」

「男と女だけど、おとーさんはおとーさんなの。おとーさんは天狐に変なことするの？」

天狐は首を傾げて俺の顔を覗き込む。

純粋無垢《むく》な少女の問いかけ。

ここの回答は一つしかない。

「そんなわけないよ。俺は天狐のおとーさんだから、変なことはしない」

「なら、一緒に寝ていい？」

「もちろん」

「やー♪」

天狐はにっこりと笑って抱き着いてくる。

一つ気付いたことがある。この子は、うれしいことがあるとやーっと言う。後ろが跳ねる独特の発音が心地よい。

「眠る前にご飯にしようか」

「ごはん？」

天狐は首をかしげる。

まあ、そうだろう。生まれたときから魔王である俺も魔物も一般常識をもっている。

その一つに、俺たちは食料を必要としないということがあげられる。

食べることはできるが、あくまで嗜好《しこう》としてでしかない。

「まあ、お遊びと実験かな？」

天狐を連れて、ダイニングに向かう。

用意されていた皿を机に並べ、フォークとナイフを用意する。

天狐は首をかしげながらも席についた。

「【創造】」

俺は自らのユニークスキルを使用する。

『ユニークスキル：【創造】が発揮されました。あなたの記憶にあるものを物質化します。ただし、魔力を帯びたもの、生きているものは物質化できません。消費ＭＰは重量《グラム》の十分の一』

俺は俺自身のことを何一つ覚えていないが、食べ物のことを考えるといくつものメニューが頭に浮かぶ。

まずは、コーンスープが皿に注がれ、別の皿にはステーキ。さらにフランスパンが食卓に並ぶ。

「うわあ、すごい。おとーさんってこんなこともできるんだ。おいしそう！」

キツネの魔物だけあって、肉が好物なのか天狐の目はステーキに釘《くぎ》付けだ。

しかもこれは一ポンド（４５０ｇ）の分厚い肉汁の滴るステーキ。かなり食べごたえはありそうだ。

「食べていい？」

「ああ、いいよ。でも、その前に手を合わせていただきますと言ってからだ」

「おとーさん、なにそれ？　そんな儀式初めて聞いたの」

儀式？

そういえば、そうか。

この動作に意味はない。だが、それをするのが当たり前のように俺は感じていた。

「思い出せないけど、やらないと気持ち悪い。俺に付き合ってくれないか？」

「わかったの。おとーさん」

まず、俺が手を合わせると、見様見真似《ようまね》で天狐も手を合わせる。

「「いただきます」」

そして二人で食事を開始する。

天狐は器用にナイフとフォークを使用して食事をする。

知性が高い高位の魔物だからできることだろう。

あっという間に巨大なステーキを平らげる。

天狐は空になった皿を見て、残念そうな顔をしたので、【創造】でお代わりを用意する。

すると、天狐はぱーっと花が咲くような笑顔を浮かべた。

「おとーさんありがとう！」

そう言って、キツネ尻尾をぶんぶんと振った。

俺が食べ終わるころ、天狐もお代わり分も平らげた。

「美味《おい》しかったの。こんな御馳走《ごちそう》を魔法で作るなんて、おとーさん、すごいの」

「食べ物も作れるとは思ってなかったから自分でも驚いている」

俺のユニークスキルはかなり便利だ。

自らのステータスを思い浮かべ、ＭＰを確認する。

ＭＰ：１７５０／２０００
ＭＰが２５０ほど減っていた。重量《グラム》の十分の一。今回生み出した料理は、２．５キロほどなのでぴったりだ。

最大ＭＰまであると、20キロまでは好きなものを作れる。

「おとーさん、これからどうするの？」

「武器を生み出そうかと思ってね」

ＭＰは、時間と共に自動回復する。

体調が悪ければ回復効率が落ちるが、平常時だと一時間で五〇ほど。

ただ、上限を超えることはない。

ＭＰで有用な道具を生み出せる俺にとって、ＭＰが上限に張り付いた状態で何もしないことがひどくもったいない。

「御馳走を作った魔法で武器まで作れるの？」

「うん、俺の記憶にあるものはなんでも作れる。ただ、生きているものと、魔力が通っているものだけはだめなんだけどね」

もし、魔力が通っているものができるなら、メダルを量産したのに。

それができないのが残念だ。

ただ、俺は一つ考えていたことがある。

Ｆランク、Ｇランクの魔物。そいつらに凶悪な武器を持たせれば低コストで強力な軍団を作れるのではないか？

Ｇランクのもっとも安い魔物、スケルトンはたった２０ＤＰだ。

「【創造】」

俺は【創造】の魔術を起動する。

生み出すのは、いわゆるアサルトライフルと呼ばれる武器だ。

H&K HK416。

全長560㎜。重量3．09kg。装弾数30発。発射速度850発／分。有効射程400メートル。

H&K HK416は、数あるアサルトライフルの中でも名機とされている。その理由は圧倒的な耐久性と信頼性だ。この銃は泥水に浸してそのまま射撃するという芸当まで可能だ。

ダンジョンの中、魔物という銃の素人が使うのであれば、性能よりも、耐久性と信頼性を重視するべきだ。

MPが減った。

MP：1450／2000
俺のMP回復量だと六時間でH&K HK416が一つ。一日四つ生産できる。

やろうと思ったら、一月で一二〇丁。

百体ほどのスケルトンにアサルトライフルをもたせて制圧射撃をするのも面白い。

こつこつ作り置きをしておこう。

「おとーさん、その変な鉄の棒が武器なの。ぜんぜん強そうに見えない」

「とんでもなく強い武器だよ。大剣とかよりよっぽどね」
5．56㎜×45と口径は小さいが、その分取り回しはいい。

初速890m／秒の弾丸を発射速度850発／分で吐《は》き出すこいつが弱いはずがない。

だが、天狐は俺を疑いの目で見ている。

まったく仕方がない。

「なら、これの強さを見せてあげるよ。マルコの言ってた混沌《こんとん》の渦に行こうか」

マルコから、魔物を狩ってレベル上げをするように言われていた。

DPで魔物を買う場合、購入額の百倍を支払うことで一日一回その魔物が湧く混沌の渦を購入可能らしい。

マルコからは、ランクCの魔物がでる混沌の渦を一つ、ランクDの魔物がでる混沌の渦を二つ、自由に使っていいと許可を得ている。混沌の渦から定期的に出る魔物であれば懐は痛まないそうだ。

他にも、ある程度のレベルにまで到達したら、ダンジョンの外にあるもっと効率のいい狩りを教えてくれるという話だ。

まずは混沌の渦を使って、アサルトライフルの強さを天狐に見せる。

今から天狐がどんな反応を見せるのか楽しみだ。

第七話　アサルトライフル

この居住区にいるサキュバスの家に向かう。

サキュバスは、この居住区の管轄者だ。

さらに言えば、この階層で安全なのはこの居住区だけらしい。

魔王のダンジョンは階層ごとに、三つのフロア単位に分かれており、それぞれ個別にさまざまな設定がされており、一歩、居住区から出れば血に飢えた魔物に襲われてしまうと聞いている。

目的である魔物が湧き出る混沌の渦にたどり着くためには、サキュバスの道案内が必要となる。

サキュバスの家にたどり着き扉をノックする。

「あらあら、まあまあいらっしゃいませ【創造】の魔王プロケル様。初日から訪ねてくるとは思いませんでしたわ」

おっとりした口調の女性が現れた。

もちろん、ただの女性ではない。

桃色の髪に豊満な体つき、何より蝙蝠《こうもり》のような羽に、毛が生えてないつるつるの尻尾。

Bランクの魔物、サキュバスだ。

サキュバスの特性の影響か、彼女を見ているとむらむらとしてくる。

手に痛みが走る。天狐が俺の手をつねっている。

「むう、おとーさん。だらしない顔」

俺はよほど、いやらしい目つきでサキュバスを見ていたのだろう。

天狐が拗《す》ねていた。

まずい、これでは魔王としての威厳も父親としての威厳もあったものではない。

俺は咳払いをして、心を落ち着ける。

「サキュバス。用事があって来たんだ。さっそく、レベル上げをしたいと思ってね。ランクDの混沌の渦を使わせてほしい」

ちなみにランクDの魔物は俺が目覚めたばかりで戦った青い狼ガルムらしい。

自動拳銃でも戦えたのだから、アサルトライフルであるH&K HK416を持った今負けるわけがない。

武器の性能がまったく違う。

「そうですの。わかりましたわ。ご案内します。ささ、お近づきになってくださいませ」

「すまない、助かる」

サキュバスが手招きする。

俺と天狐が十分に近寄ったのを確認すると、サキュバスは目を閉じ、集中を始める。

足元に魔方陣ができた。

彼女は、このダンジョン内の好きな階層の好きなフロアに転送を使える。

だからこそ、居住区の管理人を任されているらしい。彼女の力があれば、居住区にいる魔物をいつでも必要な場所に送れる。そのことが生み出すアドバンテージは考えるまでもないだろう。

そして、光が満ちて転送魔術が発動した。

◇

転送で飛ばされたのは、荒れ地だった。枯れ木と大きな岩が転がっている。

そんななか、しばらく歩くと黒と紫の混じった渦が目に入った。

あれが混沌の渦。

魔物購入時に、購入額の百倍をはらうことで購入できるもの。一日に一回その魔物が湧く。

あそこからは毎日、ランクDのガルムが発生するのだ。

「あら、運がいいですわね。もうすぐ現れますわよ。待ち時間がなくてよかったですわ」

「なんとなくわかるよ」

言われなくても渦に高まる力を感じていた。

ランクDの魔物はおおよそ固定レベルで生み出した場合、レベル30~40で生まれてくる。

だいたい、そのあたりがレベル1時点の魔王やSランクモンスターと釣り合うらしい。

はじめての闘いでは、基本能力で互角なら、ユニークスキルの存在で確実に俺が勝つと見込んでガルムをけしかけたそうだ。

俺は渦から200メートルほど離れる。

「あらあら、そんなに離れて大丈夫ですの？　ガルムを狩ってレベルをあげるのでは？」

サキュバスが相変わらずおっとりした声で問いかけてくる。

「大丈夫だ。十分届く」

H&K HK416の有効射程は400メートル程度。

勘違いされやすいが、アサルトライフルは連射するための銃ではない。

確かに一分間で850発を吐き出す連射性能はもっている。

だが、しっかり狙って撃つライフルなのだ。極めて精度の高い狙撃が可能。

自動拳銃ではせいぜい、射程10メートルと考えるといかに強力な武器かがよくわかる。

「そうなのですか？　その距離ですと魔法もとどかないですわよ」

「見ていればわかるよ」

記憶は戻らないが、この世界の常識はしっかりと脳裏に刻まれている。

魔法の射程はどれだけ遠くても100メートル程度。

その二倍の距離にいるのだから、サキュバスが心配するのもわかる。

天狐のほうを見ると、面白いものが始まるのではないかとわくわくした目で俺を見ていた。

俺に対する信頼があるから、そういう顔をしてくれているのだろう。

その期待を裏切るわけにはいかない。

「さて、あと数十秒か」

渦の流れが速くなった。

魔物が生まれる予兆。

俺は、Ｈ＆Ｋ ＨＫ４１６を構える。頭が冷えていく。魔物と対峙《たいじ》する恐怖が消えていく。

手が銃に吸い付く。

自動拳銃のときにもあった感触だ。心地よい。今なら何でもできる。記憶が消えるまえの俺はよほど銃に親しんでいたと同時に、銃が好きだったのだろう。

そして、ついにガルムが生まれるときが来た。

青い粒子が吹き上がり、狼を形どった。完全に実体化。

トリガーを引く。三発弾丸が放たれたところで、指を離した。

俺の脳裏に描いたとおりに弾丸は飛び、完全なヘッドショットを決めた。ＨＫ４１６の優れた精度だからこそこの距離の精密射撃が可能だ。

「キャンッ!?」

ガルムが吹き飛んだ。そして倒れ伏しピクリとも動かなくなる。

ほとんど同時に発射された三発の弾丸の一発目を受け悲鳴をあげ、残り二発で息の根を止めた。

Ｈ＆Ｋ ＨＫ４１６は発射速度８００発／分を誇る。

そんな銃をトリガーを引きっぱなしにすれば、もっと派手に弾丸をばら撒《ま》けただろう。

俺は意図的に三発でとめた。いわゆる三点射《バースト》という技術だ。

フルオートで撃てば銃身のブレが大きくなり集弾率が落ち、無駄弾が増える。さらに銃身の熱がたまり歪む原因となるのだ。

かといって単発では確実に仕留められない。そこで生み出されたのが三点射だ。

正確に狙いをつけられるのは三発までだという研究結果が出ている。三発ワンセットで撃つことで、制度を高め、弾薬を節約し、さらに銃身を休ませながら、狙いをつける時間を得られる。

もっとも、弾をばら撒き続ける必然性がある場合は、フルオートで、その連射性能を存分に発揮する。

「すごいですわね。さすが【創造】の魔王様。魔法の限界距離の二倍から一方的に。近距離型の敵を近づかせないどころか、遠距離型の魔法使いすら魔法の射程の外から狙い撃ちにできますわね。この武器がある、それだけで広範囲の戦略魔法を牽制《けんせい》することができますわ」

「だな、高威力で時間がかかる戦略魔法。それを相手の攻撃が届くところでするのは難しい」

多大な詠唱時間がかかる代わりに強力な効果を持つ戦略魔法というのが存在する。

通常は射程である100メートルほど離れ前衛に守ってもらいながら使う。だが、このアサルトライフルの前では100メートルの距離などないに等しい。戦略魔法など撃たせない。

だが、サキュバスの発言で少し驚いた。

彼女の発言は多分に戦略的なものが入っている。

「さすが、おとーさんなの。おとーさんも、おとーさんの武器もすごいの」

それに対して天狐のほうはどこまでも無邪気だ。こちらに駆け寄ってきて、興味深げに俺のアサルトライフルを見つめる。

「ほしいか？」

「ほしいの！　でも、遠くから攻撃って、なんか合わないの。近くからどっかーんって武器がほしい」

近くから、どっかーんか。

なら、ちょうどいいのがあるな。

幸い、魔力はまだあるし。天狐にはアサルトライフルではなく、別の武器を出そう。

きっと、気に入ってくれるはずだ。

「わかった。なら、天狐には近距離で大火力の銃を用意しよう。今から作るから見ていて」

そして俺は【創造】を使った。天狐の要望どおり、近くでどっかーんっとできる武器を呼び出すために。

第八話　魔王のいないダンジョン

天狐に彼女の要望どおりの銃をプレゼントした。

さっそく使い方を教えて、試射をさせてみると大変気に入ったらしく、今すぐ実戦で使いたいとおねだりされた。

再びサキュバスに転送してもらう。

階層は六八階層。Ｄランクの魔物では物足りないらしく、Ｃランクの魔物を生み出す混沌の渦があるフロアを目指した。

「いったい、どれだけの階層があるんだ」

「全部で百一階層ですわ」

「なっ⁉」

想像以上だった。

まさかの百を超えているとは思ってもみなかった。

「【獣】の魔王マルコシアス様は、古き魔王の一柱で三〇〇年近く君臨されておりますからね。それに勤勉な方でもありますわ。魔物も千五百体ほどおりますの」

「そこも想像以上だな。もし敵対なんてことになったらぞっとする」

当たり前だが、今の俺にわずかな戦力しかない。

マルコは赤子の手を捻《ひね》るように俺を蹂躙《じゅうりん》するだろう。

「おとーさん。大丈夫なの！　天狐がいるから。おとーさんは天狐が守るの」

天狐は俺の腕に抱き着き、元気な声をあげる。

彼女はそう言っているがさすがに千五百体は無理なはずだ。

「ふふふ、元気のいい子ですね。さすがはSランクと言ったところですわ。でも、【創造】の魔王プロケル様、安心してください。あなたと敵対することはありません。あなたの育成、それが我が主の最後の仕事ですから」

「最後？」

その言葉が引っかかった。

「あれ、聞いておりませんの？」

サキュバスは意外そうな顔をして俺を見ている。

「ああ、何も」

「そうですか……なら、私から言ってしまっていいものか判断できませんわね。ごめんなさい秘密ということで」

サキュバスはぺこりと頭をさげる。

俺は納得しているが天狐は不満そうだ。

教えて、教えてとせがむ。

サキュバスは苦笑いをしているが、少し折れそうになってきていた。

「ちょっとだけですよ」

彼女がそう言ったときだった。

ここにいないはずの彼女の声が響く。

「その必要はないよ」

目の前の空間が歪《ゆが》む。

マルコが現れた。

「まったく、念のために見ていてよかったよ。サキュバス、主のプライベートを勝手に話すのは感心しない」

「も、申し訳ございませんマルコシアス様」

「まあ、いいよ。私も口止めしてなかったし。サキュバスの日ごろの働きに免じて許そう」

サキュバスが深々と頭をさげ、マルコが苦笑する。

「マルコも転送の魔法を使えるのか」

「いや、サキュバスみたいに高度な魔術は使えない。私は近接特化の脳筋魔王だからね。今のは魔王権限のほう。自分のダンジョン内なら好きなところに飛べる」

それは便利な力だ。

今後ダンジョンを造ることになったら参考にさせてもらおう。

「でも、のぞき見とは趣味が悪いな」

「心配だったから見てたんだ。サキュバスを通じてね。これも覚えておくといい。魔王はダンジョン内において一〇〇体までの魔物と感覚を共有できる。私は全階層それぞれに階層主を設置していてね。ほとんどの階層主と感覚を共有している」

「なら、サキュバスの前でマルコの悪口は控えないと」

「サキュバスの前だけじゃなくても、どこに目と耳があるかわからないから注意しなよ。ダンジョンにいるのは魔王の腹の中にいるようなものだ」

確かにそのとおりだろう。

感覚の共有……一度天狐と試したほうがよさそうだ。五感すべてが共有できるのだろうか？　それなら……

「おとーさん、変なこと考えてる？」

「いや、なんでもない」

相変わらず天狐はするどい。なんとかごまかし、マルコに向き直る。

マルコが話を始めてくれた。

「君にとっても大事な情報だから教えてあげる。サキュバスが言いかけたことだけどね。魔王には寿命がある」

「寿命？」

「そっ、寿命。三〇〇年ジャスト。魔王になってからそれだけ経《た》てば消滅する。ちなみに私は二九九歳」

俺は息を呑む。

これだけ、元気そうに見えて余命が一年もないのか。

「そんな顔しないでよ。もう、やりたいことはやり尽くしたから悔いはない。君を育てるのが最後の仕事。後輩魔王の育成はね、消滅が近い魔王たちに依頼される。十年に一度、同じ日に十人の魔王が誕生するんだ。君の他にも新しい子たちがいる。たぶんこれは優しさだ。若いときだと、ライバルとして見ちゃって、素直に教えてあげられない」

悔いはないという言葉は嘘じゃないようだ。

マルコの顔はすがすがしいものだ。

そして、十人が一度に生まれたというのなら、俺と同期の魔王が九体いることになる。

「寿命についてはわかった。もし、マルコが死んだら残された魔物たちはどうなるんだ？」

天狐の手を握りながら、問いかける。

水晶が壊されれば、魔物とダンジョンは消えると最初に教えてもらった。なら、魔王が消えたらどうなるのか。

「どうにもならないよ。魔王が消えても、ダンジョンや魔物たちには関係ない。水晶があるかぎり維持され続ける。逆に水晶のほうは生前の魔王の行動を真似て、無計画にポンポンＤＰで魔物作ったりしちゃう。適当に生み出しまくるから、先にいる魔物たちと喧嘩《けんか》になっちゃったりね。まあ、それは既存の魔物も一緒。命令されなくなって好き勝手やってもうめちゃくちゃ」

魔物がポンポン、嫌な予感しかしない。

「知性がないタイプは特にまずいな。知性があるタイプ同士だと秩序を作るだろうけど、知性がな

いのが多数になるとどうしようもない」

魔王がいなくなったダンジョンはおそらく、すべての魔物たちにとって住みづらいものになってしまうだろう。

「まあ、私がいなくなったあとのことは【誓約の魔物】たちに任せてある。魔物たちは自由だ。ダンジョンで新しい秩序を作るなり、好き勝手に暴れるなり、外に出てもいい。水晶が壊されるまでは思うがままに生きるしかないさ」

「外に出た魔物たちはどうなる?」

「外で人間に討伐される子たちが多いよ。それに、そのことがダンジョンの終わりに繋がることもある。人間を本気にさせて本格的なダンジョン討伐が始まる。人間にもね、勇者っていう魔王並みの存在がいるし、数が多いから。本気になられたら勝てない。とくに魔王がいないダンジョンはね」

当然の帰結だ。

魔物たちがダンジョンから外に出て、好き勝手人間たちを害して恨みを買う。そして、水晶を壊せばそれらが一掃されることは人間も知っているだろう。諸悪の根源を絶とうとするはずだ。

魔王が不在では、防衛力は著しく落ちる。そして最後には水晶を砕かれ、ダンジョンも魔物も消えていく。

「ちなみにね、混沌の渦以外に効率のいい狩り場を教えるって言ったの覚えてる」

「もちろん」

実はかなり楽しみにしている。

混沌の渦は一日に一体しか魔物を生まない上に俺たちに許されたのはCランク一体とDランク二体しか倒せない。

レベルのためにも、DPのためにもうまい狩り場はほしい。

「君に教えるのは、それだよ。魔王が不在になって無秩序になったダンジョン。そこの魔物たちなら自由に狩っていい。私がいなくなったらこのダンジョンを好きにしてもいいよ」

俺は首を振る。

さすがにここの魔物たちを好きにしろと言われても躊躇《ちゅうちょ》する。

知性がない、ガルムみたいなものたちだけならいいが、サキュバスのような存在は無理だ。

その、該当者であるサキュバスが口を開く。

「マルコシアス様それはダメですわ。マルコシアス様亡きあとも、私たちが主の意志を継いで、この【魔獣城】を守っていくと言ってるじゃないですか！　いけない子はお仕置きしながら、大魔王マルコシアス様の造り上げたダンジョンを守っていきますわ！　マルコシアス様の顔に泥を塗るようなことはしませんし、させません」

サキュバスの言葉には熱意があった。

少し羨ましい。こんなふうに思われる部下を持ちたいものだ。

「そうだったね。そうだった……まったく、私にはもったいない子たちだ」

マルコは微笑を浮かべる。

サキュバスたちにそうさせたのは彼女の人望、それはきっとマルコ自身が積み上げてきたものだ。

「私は部下に恵まれたけどね、皆が皆そうじゃない。君に紹介する予定の【紅蓮窟】は、知性ある魔物たちはみんな死んだか、ダンジョンに見切りをつけて離れて、残った知性のない魔物たちが好き勝手に暴れているだけのダンジョンだ。人間に滅ぼされていないのは、人里から離れているからってだけだね」

【紅蓮窟】。

その名を聞いて【炎】を連想した。

もしかしたら、俺がもらった【炎】のメダルは、そのダンジョンに君臨した魔王だったのかもしれない。

「知性がなく好き勝手に暴れる魔物なら、心置きなく狩ることができるな」

サキュバスのような知性も理性もある相手だとどうしても、厳しいものがあるが、そういう相手ならためらわずに済む。

「油断はしないほうがいいよ。魔王が直々に生み出した高ランクの連中は残ってない、それでも水晶が勝手に生み出し続ける魔物の中には、Cランクの魔物はごろごろいる」

「それならなんとかなりそうだ」

ＤＰで買えるのは、合成したことがある魔物の二つ下まで。

【創造】のメダルの力がなければＡランクまでしか魔物を作れない。だからこそ、水晶はＣランクまでしか魔物を生み出せない。

それなら、天狐がいればどうとでもなる。

しかし、マルコは唸《うな》っている。

「でも、天狐とは相性が悪いかもね。天狐は炎が得意だけど、あそこにいる連中はほぼ全員、炎耐性が高いし、物理耐久力がある魔物が多い。水の魔術が使えないなら、炎なしで圧倒的な攻撃力を出さないといけないけど、そのレベルだと厳しいかも」

「なんだ、そんなことか。それなら心配ないよ。攻撃力には不自由してない。天狐、さっき作ってやった武器の力をマルコに見せてやれ」

「やー♪」

天狐が武器を構える。

ついさっき、【創造】で作ったばかりの武器。天狐の要望、近くでドッカーンを俺なりに解釈して作った武器。

その正体は、ショットガン。

レミントン M870P
全長1060㎜ 重量3．6kg 口径12ゲージ　装弾数6発の近距離戦最強の銃だ。

第九話　ショットガン

俺が天狐のために作ったのは……。

レミントン　Ｍ８７０Ｐ

全長１０６０㎜　重量３．６kg　口径12ゲージ　装弾数６発

ポンプアクションの傑作銃。

堅牢《けんろう》かつ耐久性が高い構造のため散弾銃《ショットガン》の定番として世界各国で愛されているレミントン８７０。

その中でも装弾数を増やしたモデルだ。

天狐は器用にトリガー部分に指をかけくるくると回していた。

「その鉄の棒は何かな？　見たところ魔力も通っていないようだけど。ただの鈍器ってわけじゃないよね」

「それは見てのお楽しみだ」

さきほど、試し撃ちをした天狐はすっかりレミントンＭ８７０Ｐを気に入ってしまっている。

凶悪な銃も彼女にとって、面白い玩具《おもちゃ》なんだろう。

四人で、混沌の渦があるところに行く。

とっくに魔物は生み出されており、渦の近くで眠っていた。

距離は五〇メートルほど。

赤い鬣《たてがみ》を持った魔犬。ランクCオルトロス。

「ランクCのオルトロスは固定レベルで生み出した場合、レベル40～レベル50で生まれてくる。ランク差、ステータス差を考慮したら天狐ちゃんはかなり不利。強力な特殊能力の補正で少し不利ってところまで軽減されてるかな」

逆に言えば、レベル1の時点でそこまでの戦闘力を持つ天狐は異常だ。

それがランクSという存在。

固定レベルで生み出していたらどれほどの規格外だったのだろうか？

「もし、オルトロスを魔法なしで倒せるなら、【紅蓮窟】でも狩りができるね」

それを聞いた天狐が目を輝かせ握り拳を作る。

「やー♪　早くたくさんレベルを上げておとーさんの役に立つの」

うれしいことを言ってくれる。

天狐はその場で深呼吸する。

さらに、ポンプアクションによる装弾を行う。カチリと硬質な音がした。

そして、きっと敵を睨みつけて突進。

赤い鬣を持った魔犬《オルトロス》は野性の危機感知能力で天狐の存在に気付く。

本来天狐は、炎の魔術を得意としており、遠距離から一方的に攻めることができるが、今回の想定は炎の耐性が高い相手と戦う場合だ。

炎は使えない。

先手を打ったのはオルトロスだ。

口を大きく開く。天狐は素早くサイドステップをした。彼女の背後にあった岩が爆発し、四散する。

オルトロスの攻性魔術。【音響破壊】。

その名のとおり、高振動の音の塊をぶつける。音速かつ不可視のそれはひどく回避が難しい。

だが、天狐は。

「天狐には通じない。あと五歩」

連続で放たれる【音響破壊】を軽々と躱《かわ》していく。

オルトロスが口を閉じた。魔法がやんだのか？　そう思った瞬間また天狐がステップを踏んだ。

彼女の元いた位置を【音響破壊】が通り過ぎていく。

オルトロスの口を開けるという仕草《しぐさ》はおそらくダミーだ。

口を開き、その方向に真っすぐ飛ぶという思い込みをした獲物をしとめるための悪質な罠。

だというのに、天狐は初見で対応した。

その秘密は天狐のスキル。【未来予知】にある。天狐は一秒後の世界を感じ取ることができる。

そして、もう一つのスキル。【超反応】で、その一秒後の脅威に対応する。

この二つを使う天狐を傷つけるのはひどく難しい。彼女をしとめるには、見えたところでどうあがいても対応できない攻撃をするしかない。

たった、一秒だが。天狐の圧倒的な素早さと【超反応】があればお釣りがくる。

「あと一歩！」

オルトロスとの距離は残り一〇メートル。。天狐が足を止め、ショットガン……レミントンM870Pを構える。

小さな天狐には不釣り合いな長い銃身。

「おとーさんの武器、使うの」

天狐はショットガンのトリガーをひく。

距離は一〇メートルほど離れているが十分有効射程内だ。ショットガンは射程が短いというイメージがあるが、五〇メートル程度なら十二分に殺傷力を持った弾が届く。

実をいうと、天狐は距離を詰めるまでもなく初期位置から攻撃はできた。だが、近づくことで確実に致命傷を与えようと考えたのだろう。

弾丸が破裂し、鉄の雨となってオルトロスに降り注ぐ。

オルトロスは勘だけで横っ跳びに跳んだが、散弾故に躱し切るのは不可能。何発かをもらい。血まみれになってごろごろと転がる。

「あれはいったい」

驚愕の表情でマルコはショットガンを放った天狐を見ていた。

「俺のユニークスキルで作った武器だ」

「魔力なんて全然感じないのに、あの威力、驚きだね」

「魔力じゃなくて科学の力だからな」

天狐は、吹き飛んだオルトロスとの距離を詰める。

そして、銃身の下部にとりつけられているポンプをかちりと動かし、次の弾丸を装填。

ほとんどゼロ距離。

そこで再びの射撃。

今度は弾が破裂しない。弾丸は真っすぐにオルトロスの頭に向かって飛び、首から上を吹き飛ばした。

青い粒子になりオルトロスが消える。

今回使用したのはスラッグ弾。

一言で言えば、大口径の単発弾。その威力は筆舌に尽くし難い。

装甲車用に開発されたアンチマテリアルライフルの一撃にも匹敵する。

天狐のもっているショットガンには、散弾とスラッグ弾が交互に装填されている。

基本戦術としては散弾で足をとめ、スラッグ弾で止《とど》めを刺すというものだ。

「おとーさん、倒したの！」

天狐が誇らしげに手を振っている。

彼女のステータスを見ると、レベルが3に上がっていた。

レベルが50のオルトロスを倒したのだから、一足飛びの成長も理解できる。

「よくやった天狐、ほめてやるからこっちにおいで」

「やー♪」

天狐は付属のストラップでショットガンを肩につるすと俺に抱き着き尻尾を振る。

彼女の頭を撫でてやると、尻尾の動きが加速した。

マルコが呆《あき》れたような顔をして口を開く。

「なるほど、確かにこれなら炎適性なんて関係なくぶち抜けるね。攻撃補正が半端ないね、その武器」

この世界では攻撃力という概念がある。本人のステータス＋武器の威力。

すなわち、銃ですら誰が使っても同じ威力ではない。

ただ、銃の攻撃力が高すぎてよほどステータスの高いモンスターでないと、装備者のステータスが誤差となってしまう。

だからこその、スケルトン軍団だ。銃を使うならランクＣだろうがランクＧだろうが変わらない。

「メダルだけじゃなくてユニークスキルにも恵まれました」

本心からそう思う。

この能力は応用が利く。

「これなら、明日にでも【紅蓮窟】に行けそうだ。一応念のため、天狐と君自身がレベル10になったらにしよう。今のままだと確かに勝てるけどランクＣ以上が相手なら、一発食らえば終わりだからね。マージンは持つべきだ。特に二人しかいない今は」

彼女の言うとおり、事故と不意打ちは怖い。

勝てるとはいえ、一発食らって終わりという状況での狩りは自殺行為。

「そうさせてもらう。天狐、レベル10までは毎日混沌の渦から出る魔物と戦おう」

「ぶー、天狐は早く強くなりたいのに」

天狐は不満のようで頰を膨らませている。

俺は苦笑すると、【創造】でキャラメルを作り出し、彼女の口に放り込んだ。

一瞬天狐はびっくりするが、すぐににやけ顔になって、頰を押さえてキャラメルを咀嚼《そしゃく》する。

もう、さきほどまでの不満は忘れてしまったようだ。キャラメルに夢中になっている。

「【創造】のメダルだけでも驚いたのに、今度は武器作りか。本人の戦闘力だけじゃなくて、魔物たちの強化に役立つ能力。ほんと、君はとことん魔王に向いてるよ」

「俺もそう思う。ちなみに、マルコの能力はなんだ？　俺も自分の能力を教えたんだ。教えてくれてもいいだろう？」

俺の問いを聞いたマルコはしばらく考えこむ。

そして、しばらく経ってから口を開いた。

「私の能力は、白狼化だね。いたってシンプル。身体能力と治癒力が跳ね上がる。それだけだ」

「シンプルだからこそ、いい能力だ」

「まっ、そうだね。この能力のおかげで一度も負けたことがない。人間にも魔王にもね」

魔王にもという言葉を聞いて少し身構える。

予想はしていたが、魔王同士で戦うことはあるようだ。

「【紅蓮窟】だけどね、魔物をたくさん増やして、戦力がしっかりできれば本気で攻略して水晶を壊してみるのもいいかもね」

「どうしてわざわざ、便利な狩り場を壊すようなことを」

なにせ、魔物を倒すことでレベルもあがるし、間接的にＤＰも補給できる。

自由に使えるダンジョンはあったほうがいい。

「水晶を壊すとね、水晶の持ち主の魔王のメダルが作れるようになる。それを目的として、生きてる魔王の水晶を壊す魔王もいるぐらいだ」

「……その言葉が本当なら俺は相当やばいな。あっという間に狙われそうだ」

「だから、君の【創造】の情報はしっかり隠しておきなよ」

俺は頷いた。

水晶を砕かれたとしても命はある。とはいえ魔王の力は惜しい。

それに……。

「おとーさん、これ甘くておいしいの。もうひとつちょーだい！」

「ああ、いいよ。ほら」

「ありがとうなの！　おとーさん、大好き！」

この子を失いたくない。

水晶を砕かれれば、生み出した魔物はすべて消える。

「わかった。一度本気で【紅蓮窟】の攻略を考えてみる。ただ、不思議なのはどうして今まで、【紅蓮窟】は無事だったんだ？　他の魔王や人間に破壊されていても不思議じゃないはずだ」

マルコは微笑む。

何かを思い出すように空を見上げた。

「今でこそ、【紅蓮窟】は、魔王たちの側近が見切るか、殺されるか、寿命で死んでいなくなったけど、昔は必死に魔王なき【紅蓮窟】を守っている魔物たちがいた。そして、彼らがいなくなってからは、私が守ってる。水晶を守るために何体か私のAランクの魔物を配置してるし。他の魔王には、あそこは私のレベル上げのためのファームで、手を出せば戦争だって脅してる」

「いつでも使える狩り場は重要だからな」

自分たちの魔物を共食いさせる気にはとてもなれない。

「これは半分は建前だよ。確かに、私の可愛い魔物たちのレベル上げに利用はしているけどね。もう半分は感傷。あそこの魔王とは仲が良くて、大事な友達の生きた証し、消えるのは忍びない……そのはずなのに、不思議と君になら壊されてもいいなって思える」

「マルコはいいやつなんだな」

「さて、それはどうだろう。まあ、何はともあれいい加減今日は寝たほうがいい。不思議と魔王も魔物も睡眠だけは必須だ。天狐ともども、レベル10になったらサキュバスを通じて連絡してね。そしたら【紅蓮窟】に連れて行ってあげるから」

その言葉を最後にマルコは消える。

転送で自らの部屋に戻ったのだろう。

今回はショットガンの実用性、そして魔王の事情。いろいろと勉強になった。

第十話　スケルトン部隊

マルコに【紅蓮窟】の話を聞いてから一週間ほど経っていた。

この一週間の間【創造】による、武器のストック。レベル上げを中心に行っている。

そして今も、天狐が戦っているところだ。

危なげなく、ランクCの魔物オルトロスの攻撃を躱して懐に入り、ショットガン、レミントンM870Pの一撃で屠《ほふ》る。

オルトロスが青い粒子になって消えていくと同時に、天狐の体が淡く光った。

「おとーさん、レベル10になったの！」

「よし、いい子だ」

「これで、【紅蓮窟】に行けるの！」

ついに天狐がレベル10になり、よほどうれしいのか目を輝かせてもふもふのキツネ尻尾を振っている。

俺のほうは一足先にレベル10になっていたので、マルコに出された、俺と天狐がレベル10になるという【紅蓮窟】を紹介してもらう条件はクリアだ。

「おとーさん、今から行こ。早く、マルコシアス様のところに行くの！」

天狐は待ちきれないとばかりに俺の手を引く。

一日に三回しか戦えないことにかなりストレスをためているご様子だ。

「いや、駄目だ。明日からにしよう」

「むう、どうして？」

「スケルトンたちの最終調整をやっておきたいんだ」

俺は毎日、アサルトライフル　H&K HK416をせっせと作ると同時にDPでスケルトンを九体購入していた。

ここ連日の魔物狩りでDPが660ptほど手に入っており購入する余裕ができていたのだ。

魔王のスキルである魔物収納で十体までの魔物を運べる。

つまり、【紅蓮掘】での探索にスケルトンが使えるのだ。

なら、その枠を無駄にすることもないと思い、スケルトンを購入した。

一体、20DPの激安モンスター。適正レベルが1～10なので、固定レベルで買っても変動レベルで買っても大差がない。

それならばと変動レベルで買った。変動にした場合レベル20までレベルが上がるので多少はマシになるだろう。

ちなみに天狐の場合、適性レベルが70～80。変動なら90まであがる。

「スケルトンなんて、弱い魔物いらないの」

天狐はどこかスケルトンを苦手にしているところがある。

まあ、女の子だから無理もない。

「まあ、確かに弱いな。そのことは否定しない」

スケルトンのステータスは散々だ。

種族：スケルトン　Gランク
名前：未設定
レベル：1
筋力E＋　耐久E　敏捷F　魔力F　幸運G　特殊G
スキル：亡者

天狐と比べること自体がおこがましい。

もともと、スケルトンにはコストパフォーマンス以外期待していない。

「天狐だけで十分戦えるの」

「そうかもしれないけど、後ろを守ってくれるだけでもありがたいし、火力はほしいからね。天狐、一緒に戦うことになるんだ。スケルトンも捨てたものじゃないところを見せるよ」

攻撃力が足し算であるこの世界では、持ち主がいくら攻撃力が低くても銃の火力だけで戦力になる。

アサルトライフル　H&K HK416を装備したスケルトンたちはランクB相当の火力がある。

天狐はスケルトンが苦手で彼らの訓練には立ち会わないようにしてたが、ちょうどいい機会だ。

彼らの力を見てもらおう。

「【解放】スケルトン」

異次元に収納していたスケルトンたちを九体呼び出す。

それぞれ手には、アサルトライフルを構えていた。

「スケルトンたちよ、おまえたちは俺の訓練でだいぶ戦えるようになった。今日はその最終訓練だ」

「……」

スケルトンたちは光のない眼窩《がんか》で俺を見る。

ただの骨だけあって感情というものがまったくわからない。

一応、俺の命令を聞くだけの知性はあるが、受け答えはできない。

知性が低く戦い方を教えるのは難しく途中で心が折れかけたものだ。

それでも、なんとか苦労して三つの命令を教えこむことができた。

「総員、構え」

スケルトンたちが、俺の指さした目標に銃を構える。

まずは射撃前に目標に狙いをつけること。

今回は、木の棒に鎧《よろい》を着せたものを的にしている。

「総員、撃て」

俺の命令と共にスケルトンが射撃を開始する。

タタタタン、タタタタンと小気味のいい音が響く。

スケルトンの持っているＨＫ４１６はあらかじめ、フルオートではなくセミオートモードにしている。

フルオートは、弾丸の給弾と発射を自動でするシステム。つまりはトリガーを引きっぱなしにすれば連射ができる。

逆にセミオートは給弾のみを自動でするシステム。トリガーをひいた数だけ弾がでる。

フルオートをオンにすればスケルトンは弾を考えなしに一瞬で撃ち尽くす。

理想を言えば、フルオートをオンにして指で切ることでバースト射撃をさせたかったが、スケルトンにはそんな高等なことは覚えさせることはできずにあきらめた。

「総員、やめ」

スケルトンがトリガーから指を離して射撃を止めた。

俺が覚えさせたのは、構え、撃て、やめの三つだけ。

なんとか戦えるだろう。

ここまで長かった。最初は銃を鈍器としかみなしておらず、トリガーを引かせるのにも苦労した。

四日かけてようやくここまでものにしたのだ。

まあ、今でも弾倉の交換等の作業はできないので、一戦するごとに俺が面倒をみないといけない。

だが、その価値はあった。

スケルトン九体による一斉射撃は壮観だ。将来的に自分のダンジョンを持てば、もっと数を増やしてさらに凶悪な部隊を作り上げよう。

「どうだ、天狐すごいだろ？」

「おとーさん、そんなに教えるの苦労するならもっと賢い魔物作ればいいのに。天狐と同系統の妖狐、賢いし強いよ？」

「それはわかっている。だが、高いんだ」

Ｂランクの魔物、妖狐。基本性能が高く、知性も高い。銃なんて簡単に使いこなせるだろう。しかし、一体一二〇〇ｐｔ。スケルトンが六〇体買えてしまう。

「わかったの……でも、天狐にはかなり効率が悪くみえる。スケルトンなんて、一瞬で死ぬ。そしたら教えた時間が全部無駄になるの。だったら、初めから死ににくい強い魔物を買うべき」

それは俺も考えていた。

スケルトンのコストは安い、武器も数がある。

だが、いかんせん教育するための時間というのは、取り返せない。

いや、待てよ。

「一体、スケルトンたちを教育するための魔物を作って、そいつに銃の使い方を教えて、あとはスケルトンの世話を丸投げすればいい」

考えてみれば簡単だ。

リッチー等といったアンデッドを使役するモンスターは多数いる。

そしてそいつらは極めて知性が高く、人語も理解できる。スケルトンに対する教育だって俺よりよっぽどうまくやるだろう。

今度オリジナルメダルを手に入れたら、アンデッドが作れないか考えてみよう。

「ありがとう、天狐。決めたよ。アンデッドたちの王を作ろうと思う。アンデッド関係が作れるようなメダルが手に入りしだいだ」

それに、確かアンデッドの中には死体を使ってアンデッドを作れるような奴もいる。

強い人間や、強い魔物の死体でアンデッドを作れば強力な魔物をノーコストで作れる。

夢が膨らむばかりだ。

「ううう、天狐、アンデッド苦手。でも、おとーさんが作りたいなら我慢する」

「天狐はえらいね」

「やー♪」

そうしてスケルトンたちの教育を終えた。

そのあと、マルコにレベル10に至ったことを伝え、明日天狐、そして銃装備のアンデッドたちと【紅蓮窟】に向かうことが決定した。

第十一話　【紅蓮窟】

「それ、君の配下の魔物たちなんだ」

どこかひきつった笑みでマルコが言う。

「可愛いだろ？」

無事レベル10まであがった俺と天狐は、サキュバスに転送してもらいマルコに会いに来ていた。

もちろん、【紅蓮窟】まで案内してもらうためだ。

そこにはスケルトン部隊も引き連れている。全員、アサルトライフルＨ＆Ｋ　ＨＫ４１６を担いでいて壮観ですらある。

無感情なスケルトンと武骨な銃の組み合わせはなかなか雰囲気があっていい。

「スケルトンなんかを本気で運用する魔王は初めて見たよ」

「俺が使えば、スケルトンだって立派な戦力だ」

「確かにそうだね。その武器があれば使い手はなんでもいい。よく考えているよ」

マルコは一瞬で俺の狙いを読み取っていた。

さすがは熟練の魔王といったところか。

「プロケル。天狐一体と、九体のスケルトン。まがりなりにも十体のフルパーティになったね。生まれたての魔王にしてはなかなかの戦力だ。これなら安心して送り出せる。でも、くれぐれも油断ない。

しないように」

「もちろん、わかってるさ」

今回はあまり深く潜るつもりはない。

いつかは水晶を壊して、オリジナルメダルを得たいが、さすがに戦力が揃ってない状態では挑めない。

【誓約の魔物】を三体揃え、全員がレベル50まで行けば本格的な攻略をするつもりだ。

それまでは、いつでも引き返せる浅い階層でレベル上げとＤＰ稼ぎに徹する。

「まあ、君は慎重なほうだし頭もいい。無茶はしないだろうさ。念のためだけどサキュバスを貸そう。サキュバス、彼のおもりを頼むよ」

「いいのですか？　私がいなければ居住区からの魔物の転送ができなくなります」

「大丈夫さ、たまにはラーマを働かせる」

「ラーマ様が動かれるのなら安心ですわ」

おそらく、ラーマは種族名ではなく名前だ。マルコが名前をつけるぐらいなら強力な魔物なのだろう。

「それじゃ、サキュバス。あとは任せた。基本はおもりだけど、万が一自分の命とプロケルの命を天秤《てんびん》にかけるような状況になれば、自分の命を優先すること。そこまで追い込まれる状況をつくった、プロケルが馬鹿《ばか》なだけだ。躊躇する必要はない」

きついことを言っているが、納得できる。

そもそも、サキュバスを貸してもらえるだけでもありがたい。

ランクＢの魔物は貴重な戦力になる。

「かしこまりましたマルコシアス様。では、行ってまいります」

「うん、よろしく頼む」

主従の会話が終わった。

サキュバスが魔方陣を展開する。

「ちょっと待て、サキュバスの転送はダンジョンの外でも使えるのか？」

魔術の展開に集中しているサキュバスではなく、マルコが俺の質問に答えるために口を開く。

「事前に転送用の陣を作っていればね。陣から陣への転送。夢の中に忍び込むサキュバスの魔法の応用だよ。連れていくのは二人が限度だけど」

便利な力だ。

将来、サキュバスが作れるようなメダルがあれば作ってみたい。

アンデッドを操るリッチ。転送魔術を使えるサキュバス。

どんどん作りたい魔物が増えていく。

「【創造】の魔王プロケル様、準備が整いました。いつでも跳べますわ」

「わかった。すぐにでも跳ぼう」

俺はスケルトンを全員収納し、天狐と二人サキュバスの近くに移動する。

青い光がサキュバスの呼び出した魔方陣に満ちた。

「あっ、プロケル、大事なことを言い忘れていたよ。もうすぐ魔王みんなが集まる……」

マルコの言葉の途中で転送魔術が始まる。おそろしく内容が気になっているなか、俺の体は光に包まれる。

そして、生まれて初めてマルコのダンジョンの外に出た。

◇

「暑い」

跳んだ先で真っ先に出た言葉がそれだ。

ここは蒸し暑い。【紅蓮窟】という名前から想像していたがかなり気温が高い。

洞窟というより、火山の中にいるような印象を受ける。

土と石に囲まれ、炎の明るさで照らされている。

道幅は広く、三メートル以上はあるだろう。

さっそくスケルトンを展開する、カタカタと音をさせながらスケルトンたちが整列した。

「おとーさん暑いの？」

「天狐は大丈夫なのか？」

「天狐はだいじょーぶ」

炎を司《つかさど》る天狐にとって、この程度の熱さはまったく問題ないようだ。

「私も辛《つら》いですわ。だから、ここにはあまり来たくないのです」

サキュバスも俺と同じく辛そうだ。

ただでさえ薄着なのに、その恰好《かっこう》でぱたぱたっと服の裾を引っ張ったりするせいで、いろいろ見えてしまって目の毒だ。

ちなみにスケルトン軍団はかたかたと骨を鳴らすだけ。

まったく何を考えているかわからない。

「おとーさんも、サキュバスも熱いなら。天狐が涼しくしてあげる」

その言葉のとおり急に周囲の温度が下がった。

「天狐の魔法か？」

「そうなの！　おとーさん気持ちいい？」

「ああ、涼しくて気持ちいい。助かるよ」

天狐は炎の支配者というスキルを持っている。

これの効果は炎属性の魔術の威力上昇極大、消費魔力の減少だ。そして自らの領域にある炎すべてを統べる。

炎魔術は熱量操作が本質であり、こうして下げることもできる。

かなり快適になった。これだと気持ちよく狩りができる。

「天狐にお礼をするよ」

創造でキャラメルを作る。

すると、天狐が大きく口を開くので、そこにキャラメルを放り込む。

「やー♪」

最近、キャラメルにはまっている天狐は幸せそうにキャラメルを舐《な》めていた。

そうしていると、サキュバスが俺に話しかけてくる。

「一つ先に言っておきますわ」

サキュバスが出発を止める。

そして、自分の足元を指さした。

「私の転送をマルコシアス様のダンジョン以外で使う場合、あらかじめ用意した陣から陣にしか飛べません。つまり、マルコシアス様の領地に帰ろうと思ったら、今、この場に刻まれている陣まで戻ってこないといけません。道はちゃんと覚えておくように」

「わかった気を付けよう」

たぶん、普通に外に出ることはできるだろうが、転送なしでマルコのダンジョンまで歩いて帰るなんて想像もしたくない。

【創造】を使い、発信器を生み出す。

さらに、スマホと受信機を【創造】。スマホに受信機をセットする。

GPSがないので、地図を出すことはできないが、アプリがあれば少なくとも方角はわかる。

一応胸ポケットにスマホを入れ、録画機能をオンにしておく。万が一の場合は頼りになるだろう。

ありとあらゆる銃の記憶があり、こんなものまで用意できる俺は、いったいどんな人物だったのか。

なぞは深まるばかりだ。

たぶん、ろくな奴じゃなかったのだろう。

「サキュバス、他に何かあるか?」

「私からはもう何もないですわ」

「なら、行こう」

「やー♪　たくさん敵を倒すの!」

準備は万端だ。今度こそ俺たちは歩き始めた。

第十二話　スケルトンの弱点

いよいよ初めてのダンジョン探索だ。

魔物を狩るだけではなく、他の魔王が造ったダンジョンの構造はしっかりと見ておきたい。自分がダンジョンを造るときの参考になるからだ。

今の俺の考えでは、第一階層のみは地上に置き、豊かな街を作る。そして第二階層以降は地下に延ばしていき、水晶を壊されないように多数の魔物と罠を配置する。

ＤＰは一階層の街に集めた人間たちから得るので、地下の階層は客寄せのための接待ダンジョンではなく殺意しかないような凶悪なものを造る。

緊張感あふれる探索になると思っていると天狐があくびをした。

「おとーさん。暇」

「まあ、そうだな」

俺たちは火山の内部のようなダンジョンを歩いている。

岩と土に囲まれた洞窟で、遠くにあるマグマの赤に照らされていた。

どんな探索になるかと不安と緊張があったが、それはまったくの杞憂《きゆう》だった。なぜなら……。

「ギュアアアアア！！」

人間を丸のみできそうな巨大な火蜥蜴《とかげ》が、前方から現れ咆哮《ほうこう》をあげる。

空気がぴりぴりする。肌で感じるのだ。あれはランクＣ相当の強さがあると。

しかし、タンタンタンと小気味良い音が響いた。

巨大な炎を口から漏らす蜥蜴は現れた瞬間、スケルトンたちのアサルトライフルの一斉射撃でハチの巣にされたのだ。

魔物が弱いわけじゃない。Ｃランクでステータスも悪くない。ただ、スケルトンたちの攻撃力が高すぎる。

スケルトンはやはり何の表情も見せない。

「……」

スケルトンたちは誇るでもなく、銃を下ろし歩き始める。

冷静に自らの仕事をたんたんとこなす精密機械。その姿は完璧にプロフェッショナルのそれだった。

スケルトンの射撃回数から残弾数を計算する。まだ弾の補充は必要ないだろう。

スケルトンたちは自分で弾倉交換できないので弾数管理は俺がしている。いくら訓練してもそれは覚えさせられなかった。

そんなスケルトンたちを見て、天狐がぷくーっと頬を膨らませる。

「また、スケルトンに先をこされたの！」

天狐が悔しそうに地団駄《じたんだ》を踏んだ。

「まあ、仕方ない。射程が違う」

スケルトンたちには、構え、撃ての両方の命令をしているので、動くものが見つかれば即座に射撃する。

しかも前方と後方の二組にわけて、それぞれの方向を警戒してもらっていた。

予想以上にスケルトンたちはよく働き、魔物に会う瞬間に即死させてしまう。有効射程四〇〇メートルは伊達《だて》じゃない。

天狐のショットガンは五〇メートル程度の射程。天狐が魔物に近づく前にスケルトンが倒してしまう。

「おとーさん。天狐も戦いたいの‼」

「スケルトンたちが対処できない魔物が来たときのために力をとっておこう」

スケルトンたちが対処できないのは、動きが速く、銃弾をまともに当てれない相手や、硬すぎて5.56㎜弾では歯が立たない相手だ。

そうなれば、天狐の出番だ。

天狐ならどれだけ素早い相手でも容易に追いつける。

そして、天狐の持つ、ショットガン、レミントンＭ８７０Ｐのスラッグ弾は大口径のライフル弾並みの威力がある。

これが通じない相手はほぼいないだろう。

天狐は納得がいってないようだが、とりあえず落ち着いてくれた。

「でも、パーティなんてものがあって助かったよ」

俺はパーティの存在を教えてくれたサキュバスに礼を言う。

サキュバスがパーティについて教えてくれた。

最大十人で結成可能で、パーティを組んでいる間は得られる経験値は全員で等分。さらにＤＰは魔王である俺の独り占め。

これを利用しない手はない。

事実、さきほどからスケルトンたちはレベルがあがってるし、天狐も経験値をきっちり得ている。スケルトンたちを変動レベルで作ったのは正解だった。このペースだとあっという間にレベル10は超えそうだ。

視線を感じて振り向くと、サキュバスが俺とスケルトンを交互に見ていた。

「【創造】の魔王というだけはありますわ。スケルトンがこれほど強くなるとは思いませんでしたわ」

サキュバスは、Ｃランクの魔物すら一蹴するスケルトンたちを畏怖《いふ》の目で見ていた。

「攻撃力だけは、Ｂランクの魔物並みにあるからね。逆に守備力はそのまま。攻撃を喰らえば一発でお陀仏《だぶつ》だ」

「それだけ遠くまで攻撃が届くなら、攻撃を喰らうことなんてありえないのでは？」

「それはどうかな。不意打ちを喰らうことはあるだろう。まあ、死んでも懐が痛まないのがスケルトンのいいところでもあるから」

死んでも20ＤＰがぶっ飛ぶだけなので対して痛くない。

それもスケルトンのメリットだ。……教育の手間を考えなければ。

そう思っていると地面が揺れた。

それもかなり近い。

「キュワ！」

甲高い鳴き声を上げて、俺たちの陣形のど真ん中の地面から敵が飛び出した。

炎の蛇だ。

奴を注視する。すると名前とランクが脳裏に浮かんだ。レベルが上がったおかげで魔王の力が強化され相手のレベルだけじゃなく名前とランク、能力も見えるようになっていた。

ただし、今のレベルだとランクDまでしか見えないし詳細なパラメーターは見られない。

種族：フレイム・バイパー　Dランク
名前：未設定
レベル：38
スキル：地中移動　火炎

地面から現れた炎の蛇に対してスケルトンは完全に無防備だった。

運悪く炎の蛇の出現場所近くにいたスケルトンは、太い胴に巻き付かれ、一瞬でへし折られた。

ランクGの防御力は紙のようにもろい。

俺は舌打ちをする。ここは陣形の中心、スケルトンに銃を撃たせるわけにはいかない。

「スケルトンども、やめ！」

敵を見つけ次第射撃するように言っていたスケルトンたちに射撃中止の命令を出す。

そうでもしないと同士打ちになる。

俺は奥歯をかみしめる。防御力がない以外にも、こんな欠点があったのか。

だが、攻撃しないということは敵に好き勝手させること。炎の蛇は次のスケルトンに飛びかかる。

「させないの！」

そんな中、天狐が走る。味方が集中している中でショットガンは打てないと考え、腰につるしている軍用大型ナイフを引き抜く。

それはナイフというより鉈だ。50センチもの長さの分厚い刀身は光を吸収する漆黒。

天狐は炎の蛇の首をがっしりと摑むと躊躇なく軍用大型ナイフを振り上げ、首を切り落とした。

首を失ったが炎の蛇の胴体が、ぴくぴくと動く。

生命力が強い蛇も頭を落とされればどうにもならない。

「おとーさん、やったの！」

切り落とした炎の蛇の頭を持ったまま、無邪気な顔で天狐は振り向く。

「助かったよ天狐」

本当に助かった。

天狐が早急に炎の蛇を倒さなければもう、二、三体スケルトンがやられていたかもしれない。

炎の蛇が青い粒子になって消える。

俺が苦労して銃の扱い方を教えたスケルトンも青い粒子に変わってしまった。

「これはなんだ？」

蛇の死体が完全には消えていない。硬質な牙があった。

それを拾って叩くと、まるで金属のような音がする。

「あら、ドロップアイテムですわね」

サキュバスが、少し明るい口調で伝えてくれる。

「ドロップアイテム？」

「ええ、運がよければ魔物の魔力が集中している部分が、消えずに残りますの。長く生きている魔物ほど、ドロップアイテムを落とす可能性が高いですわ。人間たちの中にはそれ目当てでダンジョンに挑む方もいます」

なるほど、だからマルコのダンジョンではドロップアイテムをほとんど見なかったのか。

なにせ、混沌の渦から生まれたばかりの魔物ばかりと戦っていた。

「教えてくれてありがとう。それと、スケルトンの運用、ちょっと考えないとな」

一方的にアウトレンジで攻撃しているうちはいいが、今回のように不測の事態が起きて距離を詰められればそのもろさを露呈する。

やはり、指揮官がほしい。

手足のようにスケルトンを扱える指揮官が。

「おとーさん、いい考えがあるの！　スケルトンはやめて、妖狐を作るの！　強いの、話せるの、頭いいの、骨がたくさんより、キツネがたくさんのほうが可愛いの！」

「……まあ、それはおいおいだな」

DPが追いつかない。それに、俺は十や二十じゃない。何百という単位の軍団を早急に作りたい。妖狐の値段だとそれは無理だ。ただ、キツネがたくさんに興味がないわけじゃない。DPが余るようになったら考えよう。

それからあとは、ほとんどスケルトン無双で敵を倒しながら初回のレベル上げは終わった。

訓練を終えたスケルトンを一体失ったのは痛いがいい教訓になった。

この反省を生かす方法を俺は考えていた。

第十三話　天狐の妹

【紅蓮窟】に通い始めて三週間ほど経った。今日も【紅蓮窟】で狩りをしている。

天狐が洞窟の中を疾走する。敵を見つけたのだ。

目標は空を舞う赤い隼《はやぶさ》。

もちろん、ただの隼ではないCランクの魔物、火喰い鳥だ。

鋭い嘴《くちばし》と爪で頭上から襲い掛かってくる。

せまい洞窟だというのに、器用に方向転換しながら低空を飛ぶ。

あの火喰い鳥を捉えるのは困難だろう。

だが、天狐にはあれがある。

「無駄なの！」

ショットガン、レミントン　M870P。

二種類の弾丸を天狐は使い分ける。今回使ったのは散弾。

武骨な銃身から放たれた弾丸が弾《はじ》ける。

広範囲に散らばる散弾は、高速で空を飛ぶ赤い隼を容易《たやす》く捉え、翼に弾丸を受け火喰い鳥は墜落する。

そこに、天狐は突進。銃身についているポンプをスライドさせ、素早く次弾を装填。天狐のショットガンは散弾とスラッグ弾が交互に入っている。

次に放たれるのは当然、超高威力のスラッグ弾。

胴体にぶち当たり、火喰い鳥の体が四散する。

「どう、おとーさん。見てくれてた⁉」

うれしそうに、天狐はこちらを振り向く。

「ああ、ちゃんと見ていたよ。天狐はすごいな」

「やー♪」

天狐はキツネ尻尾を振る。

天狐は狩りが好きだ。こうして体を動かすと機嫌がよくなる。

最近は、スケルトンたちは背後を守るために数体を配置しているだけで、前方はすべて彼女に任せてある。

スケルトンたちが、変動レベルで生み出した場合の限界値のレベル二〇に到達してしまったので、経験値を等分するのがもったいなくなったのでこうしている。

他にも純粋に、天狐の好きなようにさせたいという思いがあった。

「そろそろ帰ろうか」

「わかったの。おとーさん」

疲れは判断力を奪う。

ある程度余裕を残したほうがいい。

連日の狩りで、天狐はレベル31。俺はレベル29まで上がっていた。

レベル30を超えたあたりから、ほとんど天狐はレベルが上がらなくなっている。サキュバスの話だと高ランクの魔物ほどレベルが上がりにくい。

おそらく、Cランクが相手ではこれ以上レベルをあげるのが困難なのだろう。

「おとーさん、帰ったら美味《おい》しいご飯をお願い」

「任せておけ」

レベルが上がって、MP上限が3450まで上がっているのでMPの運用に余裕ができている。

天狐のわがままを聞くぐらいの余裕はある。

今日はたっぷり英気を養ってもらおう。

「いよいよ明日か」

「どうしたのおとーさん？　にやにやして」

「天狐の弟か妹ができるんだ」

メダルを作れるのは一月に一度。

ようやく明日メダルを作る権利が戻ってくる。

「天狐の、弟か妹？」

「うん、【創造】のメダルと、マルコからもらった【土】のオリジナルメダル。それに、イミテートメダルで魔物を作りあげる。天狐と同じSランクの魔物が生まれるよ」

「……Sランク」

マルコの話を思い出す。ランクＡメダル同士なら、三分の二の確率でＡランクの魔物。三分の一でＢランクの魔物。

ランクＡとランクＢなら三分の一でＡランクの魔物、三分の二でＢランクの魔物が生まれる。

創造のＡランクを加算すると、ランクがまるまる一つ上がると考えていい。

つまり、Ａランクである【土】のオリジナルメダルに、【獣】か【人】か【炎】のＢランクであるイミテートメダルを使えば、Ｓランクの魔物を生み出せる可能性がある。

俺にとっては可能性があるだけで十分。

【創造】は、『無数の可能性から、望む可能性を選び取る』。つまりＳランクは約束されたようなものだ。

もっとも、オリジナルのＡランクメダルに、イミテート側も元がＡランクのメダルでなければ、Ｓランク魔物の確率がそもそも存在しないという制限はある。

……ただ、感覚でわかっていることがある。

Ｓランクは、最上のランクだ。だから、Ａに収まらないものはすべてＳで括《くく》られる。故にＳランク内でも能力の格差が存在する。一つでもイミテートが混じれば、天狐のような最上位のＳランクの魔物は作れないだろう。

「天狐は弟か妹ができるのはうれしくないのか？」

天狐は浮かない顔だ。

「おとーさん」

天狐がぎゅっと俺の服の袖をつかんだ。

「どうしたんだ、天狐？」

「もし、天狐より強い魔物が生まれたら、天狐のこといらなくなっちゃう？」

不安そうな顔で天狐は俺の顔を上目遣いで見る。

若干涙で潤《うる》んでいた。

馬鹿だな、そんな心配いらないのに。

「約束する。絶対そんなことはない。俺は天狐のことが大好きだからね。天狐より強い魔物ができても天狐のこと、いらないなんて思わない」

彼女を抱き寄せ、頭をぽんぽんとする。

すると、天狐は俺に体重を預けてきた。

ずる賢くて打算的なところはあるが、天狐は寂しがりで幼い。

そしてとびきりの甘えん坊だ。

「やー♪　おとーさん、約束なの」

天狐が顔をあげて念を押す。

「ああ、わかった約束する」

そう言うと、天狐が頬にキスをした。

「天狐!?」

「約束のキスなの。おとーさん、絶対の絶対の約束なの！」

キスをした天狐本人もすごく恥ずかしかったのか、顔を真っ赤にして、俺から離れ早足でサキュバスが用意してくれている転送用の陣に向かって歩いていた。

◇

マルコのダンジョンに用意されてある俺たちの家に戻ってから、ご飯を天狐と二人で食べる。

スケルトンたちは【収納】している。

彼らがいると部屋がせまくなるのだ。

少し、気まずい。天狐はまだお昼のキスで照れている。

大好物のステーキを【創造】したのに、食事のペースが遅い。

そんななか、天狐は口を開いた。

「おとーさん、今回はどんな魔物を作るの？」

若干、声音《こわね》が震えている。

彼女なりに場の空気を和ませようと必死なのだろう。

「そうだね、最初はアンデッド系の上位モンスターを作ろうと思っていたんだ」

スケルトンを鍛えるのはなかなか骨が折れる。

知性が高く、スケルトンを意のままに操れる高位の魔物を作り出すことができれば、今までより楽に、なおかつ効率的にスケルトンたちの訓練ができると考えていた。

「その言い方、アンデッド系はやめたの？」

「ああ、なにせ手元にあるオリジナルは土だけだからね。イミテートと【創造】の追加属性だと厳しそうだなって」

【土】とアンデッドは相性は悪くはないが、ぴったりというわけではない。

なら、もう少し待ってアンデッドと相性がいいメダルが手に入るのを待つべきだと考えたのだ。

「そうなの、なら何を作るの？　天狐の弟か妹だから可愛いのがいいの」

天狐がのってきた。

だんだん、照れが消えてきた。いい調子だ。

「鍛冶を任せられるドワーフを作ろうかなって思うんだ。【土】とドワーフは相性が抜群だ。それに、【人】のイミテート。最後に【創造】を【錬金】に変化させる」

【錬金】の存在はマルコから聞いている。

有用そうなメダルの情報は可能な限り教えてもらっている。必ず今後どんな魔物を作るかの指針になるからだ。

俺は、【土】、【人】、【錬金】を使った、最高位のドワーフを作り出すつもりだ。

「なんでドワーフ？　そんなに強くないの」

「まあ、戦闘特化ではないな。期待してるのは鍛冶の能力だ」

「おとーさんの武器、十分強いよ？」

「ああ、十分強い。だけど、その上を見たいと思わないか？　例えば天狐の、ショットガン、レミントンＭ８７０Ｐはね。もっと火薬量が多くて大きな弾丸に替えれば攻撃力が跳ね上がる」

「うわぁ、素敵《すてき》なの！　天狐、そのショットガンほしい！」

新しいおもちゃを想像して天狐が目を輝かせる。

俺は苦笑する。

「天狐、ショットガンの場合、弾のサイズはゲージと呼ばれる。数字が小さいほど口径が大きく威力があがる。レミントンＭ８７０Ｐの標準規格は、一二ゲージ。だが、弾は四ゲージ〜二八ゲージ存在するんだ。四ゲージと一二ゲージだと、威力が三倍違う。だが、残念ながら、レミントンＭ８７０Ｐだと一二ゲージしか使えないし、俺の記憶には、四ゲージに対応したショットガンはない」

四ゲージは相当特殊な弾だ。一二ゲージは直径18．１㎜。だが4ゲージは25．２㎜。一・五倍程度の大きさ。

熊やトドを相手にするときでさえ一〇ゲージ。戦車でもぶち抜こうなんて気構えがないと四ゲージなんて使わない。

「残念なの。四ゲージ、威力三倍、撃ちたいの」

「天狐は残念がっているが、そんなもの存在しないのは当たり前だ。反動が強すぎて使い物にならないからね。人には使えない」

「天狐なら大丈夫なの。天狐は力持ち」

天狐の言うことは正しい。

魔物の筋力なら、四ゲージだろうが使いこなせる。

「天狐が大丈夫でも、銃自身が耐えられないからな」

四ゲージが使われていたのは、現在主流となっている無煙火薬ではなく黒色火薬が主流だった時代。

無煙火薬は黒色火薬よりも威力が高く、無煙火薬で作った四ゲージに耐えられる銃は存在しないだろう。

「銃は根性がないの。もっと頑張ってほしいの」

天狐が頬を膨らませて、無茶を言っている。

気持ちはわからなくもない。

「付け加えて、そもそも四ゲージの弾丸なんて実物は俺の記憶にないし【創造】できない」

作られてないのだから存在しなくて当然だ。

「おとーさんの意地悪。期待して損したの」

「いや、あきらめるのはまだ早い。俺の【創造】では作れないってだけだよ。もし、凄腕《すごうで》の鍛冶師がいたら、俺の【創造】で作った銃を分解して構造を調べて、四ゲージ対応に改造したり、四ゲージ弾を作れる。それに、この世界には、魔法の金属がある。魔法の金属で弾丸を作れば弾丸そのものの威力が上がる。魔法の金属で銃を作れば、四ゲージに耐えられる銃が作れるかもしれない」

それこそが俺の目的。

武装の性能の底上げ。

さらに欲を言うと、俺の【創造】に頼らない武器の量産。

スケルトンたちの性能は連日のレベル上げで認識した。

なら、その先を目指すのだ。

「わかったの。それだとドワーフが最適なの！　天狐のショットガン、もっとすごいのにしてもらう！」

天狐は立ち上がり、もふもふのキツネ尻尾をピンっと伸ばす。

お気に入りの玩具《おもちゃ》の新たな姿に期待をしているようだ。

それは俺も同じだ。

今から、新しい仲間であるドワーフ。そして、新たな武器に想いを馳せていた。

第十四話　エルダー・ドワーフ

次の朝になった。

天狐が俺の腕に抱き着いて眠っていた。昨日の約束からよりいっそう懐いてくれたように思える。

天狐は子供っぽいパジャマを着ている。【創造】で作ったものだ。よく似合っていて大変可愛らしい。

「おとーさん。大好き」

寝言で可愛いことを言ってくれる。

頰を指でつく。ぷにぷにもちもちとしていて気持ちいい。次はキツネ耳を軽くつまむ。表面の柔らかい毛と、くにくにとした耳の感触。これもたまらない。

これは俺の日課だ。

たっぷりと天狐を楽しんだ後、体を起こす。

すると、天狐も起きた。目をごしごしこすり、寝ぼけながらにまーっとした笑顔を浮かべ……。

「おはようなの。おとーさん」

そう言った。

こういう何げない仕草がたまらなく愛《いと》おしい。

天狐が体を寄せてきてもふもふ尻尾を擦り付けてくる。

「おはよう。天狐」

俺は返事をしながら、次に生まれる子も天狐のような素敵な子だといいのにと祈っていた。

◇

「でっ、どうしてマルコがここにいる?」

新しい魔物を生み出す際、何かの手違いで巨大な魔物や危険な魔物が生まれるかもしれない。

それに備えるために開けた場所に出るとマルコとサキュバスがいた。

それも妙に立派な、机と椅子を並べて優雅なティータイムを満喫している。

「君がそろそろ新しい魔物を作るころだと聞いてね」

「聞いたからといって、見に来る理由にはならないだろう」

「なるよ、Sランクの魔物なんて最高の娯楽、この人生に飽き飽きした大魔王マルコシアス様が見逃すはずがない」

それを人は野次馬《やじうま》という。

魔王として正しい反応をするなら、自分の手の内を隠すために魔物の情報は見せるべきではないだろう。

だが、これだけ世話になっているマルコ相手に隠し事をする気にはなれない。

「好きにしてくれ」

「うん、好きにする。一月後には【夜会】だからね。ここで幹部をもう一体作っておくのは私も賛成だな」

自分の表情が引きつるのを感じた。

「なんだ夜会って？」

そういえば、初めて【紅蓮窟】に行く日にマルコが何かを言いかけていたのを思い出した。

「魔王たちの集会だよ。すべての魔王が一堂に集まるんだ。今回の主役は君たちだね。もっとも新しい十体の魔王である君たちの顔見せをやるんだ」

やっぱりそうか。

他の魔王が一堂に集まる機会。こんな美味しい話。絶対に無駄にはできない。

オリジナルメダルを得るいい機会だ。

ずっと、俺は考えていたことがある。他の魔王とあったときオリジナルメダルを得る方法をだ。

例えば、【創造】で作れる物の中に他の魔王がオリジナルメダルと交換してでもほしいものがあるのではないか？

また、自分のメダルのランクがAの魔王ならともかく、メダルのランクがBの魔王ならBランクの魔物を生み出すのがせいぜいのはずだ。そいつらになら、イミテートで作ったBランク複数枚との交換をもちかけられるのではないか？

そういった案がいくつかある。

なにせ、今回のドワーフの合成ですべてのオリジナルメダルを使い切る。【誓約の魔物】を三体揃えるためには最低一枚のオリジナルメダルを手に入れておきたい。

「そういうことはもっと早く言ってほしかった」

「ごめんごめん、いや私も忘れていてね。一度は言おうとしたんだけどね。ほら、初めて【紅蓮窟】に行くときにさ」

それを言われると辛《つら》い。

俺もちゃんと聞いておくべきだった。

「わかった。そのことはもういい」

「いやにものわかりがいいな」

「マルコが俺の味方だってことはわかってるからな」

俺の言葉を聞いてマルコは微笑を浮かべる。

心を見透かされているようだ。

「雑談はこれぐらいにさせてもらう。今から俺は魔物を作る」

強く宣言して精神を集中する。

マルコも天狐もこちらを見ている。

マルコの目には期待が、天狐の目には期待と少しの不安があった。俺を新しい魔物にとられてしまうという不安が消えていないんだろう。

俺は苦笑しつつも、魔物作りを始める。

魔物を作る第一ステップ。

「【流出】」

力ある言葉を呟《つぶや》くと手に熱がこもり、【創造】のメダルが生まれる。俺の力の象徴。

次だ。

ＤＰを使い、【人】のイミテートメダルを入手。本来Ａランクの【人】のランクが下がり、Ｂランクとして顕現。

さらに、マルコからもらった【土】を取り出す。

手のひらに【人】、【土】、【創造】。三つのメダルが揃う。

それらを強く握りしめる。

さあ、はじめよう。

「【合成】」

握りしめた拳に光が満ちる。

手を開くと、光が漏れ、光の中にシルエットができた。

【土】のオリジナルメダルと【人】が一つになり方向性が決まっていく。

そこに【創造】の力が働く。

俺が望むのは【錬金】。

この世の理《ことわり》を知り、その先に行くもの。

土と炎と共に歩むもの。

【土】と【人】だけでは持ちえない、深い知識と知性を得て魔物が生まれる。

その道筋を俺が導く。

すべてランクAのメダルを使った天狐のときとは違い、この子にはランクSになる可能性も、ランクAになる可能性もある。

ランクSの可能性を引き寄せていく。

さらに、レベルは固定ではなく成長できる変動を選択。レベル上限があがるし、同レベルになった際、変動のほうが強くなる。

よし、完璧。

あとは、生まれるのを待つだけ。

光の中のシルエットが濃くなる。

魔物の心臓の音が聞こえてくる。

よし、完成だ。

光が止み、新たな魔物が生まれた。

「マスター。はじめまして」

魔物は無機質な声音で話しかける。

見た目は美少女だ。

銀色の髪、身長が一四〇センチにも届かないような凹凸がなく可憐な肉体。だが、アイスブルーの目からは確かな知性を感じる。

「はじめまして。俺が君を生み出した魔王。【創造】の魔王プロケル。さっそくで悪いが君の種族を教えてほしい」

「イエス。マスター。私はエルダー・ドワーフ。ドワーフの到達点。星の叡智《えいち》を持ち、万物を使いこなし、至高の武具を生み出すもの」

淡々と、エルダー・ドワーフは言葉を連ねる。

クールな見た目にそぐわない声音と口調だ。

彼女のステータスを見る。

種族：エルダー・ドワーフ　Sランク
名前：未設定
レベル：1
筋力A＋　耐久S　敏捷《びんしょう》C　魔力A　幸運B　特殊S
スキル：星の叡智　万物の担い手　白金の錬金術師　剛力無双　真理の眼《め》

天狐に比べればステータスは低いが、十分高水準。

特筆すべきはスキル。

どれも鍛冶に必要なものが揃ってる。

特に、星の叡智と、万物の担い手のスキルは規格外と言っていい。なにより、【創造】との相性が最高だ。

俺の望んだとおりの魔物。いや、望んだ以上の魔物だ。

「期待しているぞ、エルダー・ドワーフ」

「マスター、よろしく。マスターに材料を揃える甲斐性《かいしょう》があるなら、私は最高の武具を作り続ける」

しっかりと握手をする。

これから、彼女がいれば俺の【創造】で生み出した武器は飛躍的に強くなるだろう。

「また可愛い少女。プロケルって、【創造】の魔王じゃなくて【ロリ】の魔王じゃないかな」

背後からひどく失礼な言葉が聞こえたが、きっと気のせいだ。

第十五話　エルダー・ドワーフの実力

新たな魔物が生まれた。

Ｓランクであり、ドワーフの最上位、エルダー・ドワーフ。

もちろん三体しか選べない【制約の魔物】の候補である。

見た目は、身長が低くツルペタな銀髪美少女。

「マスター、マスターに工房と金属を要求する。工房は静かな環境がいい。研究に没頭したい」

生まれたばかりでさっそくの要求だ。

きつい性格というよりも、一つのことに夢中になって周りが見えないタイプだ。

「一応、聞こう。なんのために？」

「鍛冶師として至高の剣を作るため」

エルダー・ドワーフは、淡々と告げる。

鮮やかなアイスブルーの瞳と銀髪が彼女のクールな印象をより強くしていた。

ドワーフといっても小柄なだけで、見た目はほとんど人間と変わらない。

強いて言うならかわいそうなぐらいにぺったんこなところが特徴だ。

「むう、ダメなの。剣を作るんじゃなくて、天狐のショットガンを強くするの！」

そこに天狐が割り込んできた。

手にはレミントン　M870P。彼女は自分の玩具がより強くなることを期待している。

「そんな棒切れにかかわっている時間はない。……いや、待って、それ、面白そう」

エルダー・ドワーフの目の色が変わる。

あっという間に天狐からレミントン　M870Pを奪い取る。

ドワーフのスキルに【真理の眼】というものがある。それはありとあらゆるものの性能と構造を見抜く神の眼だ。

それで、レミントン　M870Pの秘めた力を見抜いたんだろう。

天狐が油断していたとはいえ、天狐から銃をかすめ取るなんて芸当、彼女自身のスペックの高さがうかがえる。

「ああ、天狐のショットガンを返して！」

涙目になった天狐を無視して、エルダー・ドワーフは、シャコンっとポンプを動かし装填。

空に向かって発砲した。

「この、武器面白い。研究のし甲斐がある」

そして、とてもいい笑顔を浮かべた。

俺は確信する、ああ、こいつだめな奴だと。

「いいから、返すの！　天狐のショットガンにひどいことしたらだめなの！」

「ひどいこと？　それはあなたが現在進行形でしている。この子、手入れがずさんで、傷んでる。このままだと壊れる」

「うっ」

天狐が言葉に詰まる。

一応、俺は手入れの仕方を教えたが天狐の手入れは雑だ。定期的に俺も見ているが、最近は天狐にまかせっきりだったと思い出す。

「私がこの子を癒《い》やす。そこで見ていて」

エルダー・ドワーフは、なんと素手でショットガンを部品一つ、一つ単位にまで分解する。

おそらく、魔法でも使っているのだろう。

ドワーフのスキルである【白金の錬金術師】は、ありとあらゆる金属を加工・操作する魔法が使えるのだ。

パーツの一つ一つを洗浄。そして天狐のポシェットに手を突っ込んで、メンテ用のオイルを手に入れると、丁寧に油を塗り、一瞬にして組み立て直す。

この一連の流れを一〇秒程度でやってのけた。

さすがは、鍛冶を得意とするドワーフの最上位種族だ。

「これで元気になった。構造も把握した。もう必要ない。返す」

エルダー・ドワーフは天狐にショットガンを返す。

相変わらずの無表情だが、どこか上気して満ち足りている。

「ありがとうなの」

天狐は、戻ってきたショットガンがきれいになったことは素直に認めてお礼を言った。

「礼を言ってもらう必要はない。構造を把握するついでにメンテしただけ。ところであなたは誰？」

エルダー・ドワーフは今更ながら天狐に問いかける。

「天狐は、天狐なの！　おとーさんの娘で、おとーさんの次にえらいの！」

えっへんと天狐は胸を張った。

「わかった。あなたから恐ろしく強い力を感じる。魔物の筆頭であることを理解した」

「天狐は、エルダー・ドワーフのお姉ちゃんなの。妹は、お姉ちゃんのいう事を聞かないといけないの！」

「把握。魔物の筆頭たるあなたの命令には従う。ただし、私の研究の邪魔になった場合は排除する」

「いい心がけなの！」

お姉ちゃんぶって、どんどん、調子に乗る天狐と、一見従順に見えつつ、さらっと怖いことを言うエルダー・ドワーフ。

少し頭が痛くなってきた。

「ねえ、プロケル。君の魔物ってすごいね」

「言わないでくれ」

マルコが笑いを堪《こら》えながら話しかけてくる。

そんな魔王たちの気持ちも知らずに、俺の魔物たちは盛り上がってる。

「エルちゃんはなかなか、見どころがあるの」

「エルちゃん？」

「エルダー・ドワーフはながいからエルちゃんなの！　おとーさんが名前をくれるまでそう呼ぶの！　教えてもないのにショットガンを使って見せたところもすごいの」

「私のスキル【万物の担い手】の力。ありとあらゆる、武器、道具を使いこなせる」

かなり便利な力だ。俺の【創造】で生み出すもののすべてを使いこなせるのは大きい。

おそらく、バイクや車等も、エルダー・ドワーフは使いこなせるはずだ。

「その調子で、天狐のために強い武器を作るの！」

「天狐の武器、ほぼ理想形。それ以上強くするには、強い金属が必要。できればミスリルがいい」

このドワーフ、性格はともかく腕は一流だ。

さっそく材料さえあれば、今見たばかりのショットガンをより強くできると言い切っている。

「おとーさん、おとーさんの魔法でミスリル出して！」

天狐が目を輝かせてこちらに来た。

だが、俺はその期待には応えられない。

「悪い。俺の【創造】は魔力が通っているものは作れない」

ミスリルには魔力が宿っている。

そもそも、俺は実物を見たことがない。

「残念なの」

「あっ、それならうちの鉱山エリア使っていいよ。ダンジョンにある鉱山は、魔王の力に比例していい鉱石が手に入る。最強の魔王である私のダンジョンだ。ミスリル、アダマンタイト、運が良ければオリハルコンまで採掘できる。客寄せのために造ったけど、結局不人気で腐らせてるから遠慮することはない」

そこに助け舟が現れた。

「ダンジョンのフロアにはそんなものまであるのか?」

「たいていのものはあるね。君も、エルダー・ドワーフなんて規格外がいるなら、自分でダンジョンを造るときに用意するのもいいかもね」

それはまじめに検討しよう。

エルダー・ドワーフの武器生産には必須だ。

魔王の書で値段を確認すると、5000DP。ランクBの魔物五体分。

十二分に元はとれるだろう。

「じゃあ、掘りに行くか。エルダー・ドワーフの力もみたいし」

俺がそう言って振り向くと。

「我は命じる。応えよ。土よ。【器人創造】」

やる気まんまんな顔をした、エルダー・ドワーフが地面に手を当て、魔術を起動していた。

土が盛り上がり、人の形……いや、身長二メートル程度のがっしりとした体付きのゴーレムが生まれる。

さらに両手をパンと合わせると、手のひらに、赤い宝石ができていた。

その赤い宝石をゴーレムの中に差し込む。

ゴーレムの眼が輝き。動き出した。

ご丁寧に、石でできたつるはしを持っている。鉱山を掘る準備は万全だった。

「エルダー・ドワーフ。一応聞くがそれはなんだ?」

「私の魔法。ゴーレムを生み出す【器人創造】。材料にした鉱物の力によって、Fランク～Bランク相当のゴーレムが作れる。この子は素材がただの土だからFランク程度」

俺はごくりと生唾を呑んだ。

「それは、魔力がある限りいくらでも作れるのか? 稼働時間は?」

「体のほうはいくらでも作れるけど。コアの魔石は一日一回だけしか作れない。稼働時間は無限。周囲のマナを取り込んでいくらでも動く」

その言葉を聞いて、エルダー・ドワーフの評価を二段階ほど上方補正する。

スケルトン以上に効率のいい兵力の増強が可能かもしれない。

「そのゴーレムはどれほどの知性を獲得できる」

「どこまででも、私のプログラミングしたとおりに動く」

「天狐の持っていた武器は銃というんだが、それを使うことは可能か?」

「サイズ的に無理」

もともと人間を想定して銃は作られている。

さすがに、この巨大な指でトリガーは引けないだろう。

「そうか、残念だ」

俺がそう言うと、ただ……とエルダー・ドワーフは続けた。

「材料さえ揃えば、私ならゴーレムの大きさに合わせて改造できる」

恥ずかしい話だが、少し震えた。

このサイズと、ゴーレムのパワーがあれば、重機関銃をアサルトライフル感覚で使えるかもしれない。

ただ、あれは四〇キロ近いからレベルをあげてMPを増やさないと呼び出せない。もう少し後になるだろう。

「何はともあれ、まず鉱山に行こうか。材料を集めないとな。エルダー・ドワーフ。悪いが、二つ頼みたい。材料が集まれば、最優先で天狐のショットガンを強化してほしい。二つ目だが、毎日必ずゴーレムを一体作ってくれ」

「了解した。マスター」

エルダー・ドワーフは頷《うなず》く。

無感情だが、喜んでいるのがわかる。武器の改良は彼女の趣味なのだろう。

「マスター、紙とペンがほしい。設計図を起こしたり、強度を含めたさまざまな計算に必要」

紙とペン。

【創造】で作ることは容易《たやす》い。

だが、俺の記憶にはもっといいものがある。

「【万物の担い手】なら、これも使えるはずだよな？」

俺が【創造】で作ったのは、ノートＰＣだ。

エルダー・ドワーフの【万物の担い手】は、ありとあらゆる道具を使いこなすスキル。

それは電子機器でも変わらないと予想した。

ついでにガソリン式の発電機も呼び出しておく。

エルダー・ドワーフは、恐ろしい勢いでノートＰＣに飛びつき、製図ソフトと計算ソフトを立ち上げて、銃の改良案の設計を始めた。

やはり、完全に使いこなしている。

「この道具いい、すごくいい。これがあれば設計の質も効率も跳ね上がる。マスター、あなたは最高のマスター」

もう、エルダー・ドワーフはノートＰＣに夢中だ。

鉱山に行くなんてことは頭から吹き飛んでいる。

「しょうがない。エルダー・ドワーフ。ゴーレムを借りる。鉱山での採掘は俺たちでやっておくから、おまえは設計に集中しろ」

「感謝するマスター。これほどのものを前にして、おあずけなんてできるはずがない」

そうして、エルダー・ドワーフを家に残し、俺たちは鉱山で採掘にあけくれた。疲れ知らずのスケルトンたちや、ゴーレムの活躍で、ミスリルが相当量とれた。

これで、天狐のレミントン　Ｍ８７０Ｐは生まれ変わるだろう。

第十六話　戦力増大！

いよいよ、魔王たちが集まる【夜会】の前日になった。

エルダー・ドワーフが来てから一月ほど経っている。その間は、ゴーレムの量産、武器の開発、鉱山での金属の備蓄、レベル上げ、多忙を極めた。

俺、天狐、エルダー・ドワーフが【紅蓮窟】に潜り、その間にゴーレムとスケルトンがひたすら採掘するといった分担だ。

手元には新たな【創造】メダルがある。一カ月経ったことにより、作れるようになったのだ。

ただ、【創造】メダルの制約上、他の魔王のオリジナルメダルがないとどうしようもない。

「壮観だな」

「マスターの注文どおり、毎日作れるだけ作った」

銀髪ツルペタ美少女のエルダー・ドワーフが無表情で呟く。

俺たちのために用意された家の裏側に、ゴーレムたちが鎮座していた。

その数、ざっと三〇体。

Fランク相当のストーンゴーレムが五体
Eランク相当のアイアンゴーレムが一〇体
Dランク相当のシルバーゴーレムが一〇体

Ｃランク相当のミスリルゴーレムが五体といったバランスだ。ミスリルは強力な武器を作るためにいくらあっても足りないのでゴーレムにはあまり使わない、ほとんどが銀と鉄でできるアイアンゴーレムとシルバーゴーレムたちだ。

「助かる。こいつらは、重火器を装備してるしいい戦力になる」

ゴーレムたちは三メートルを超える巨体かつ、力がある。

なので、重火器をゴーレム仕様にエルダー・ドワーフが改造したものを装備していた。

ブローニング Ｍ２キャリバー．50（改）

全長１６４５㎜。重量38．０kg。口径12．７㎜×99。ベルト給弾式　一帯１１０発　発射速度６５０発／分。有効射程２０００メートル

重機関銃の歴史的傑作銃。キャリバー。設計されて八〇年の年月が流れ、なお最優。圧倒的な火力と信頼性。

重量は40キロ近くあり、レベルをあげてＭＰがあがりようやく【創造】できるようなったばかりのものだ。

最近創造できるようになったばかりで、まだ五丁しかない。

口径12．７㎜というのはアサルトライフルの二倍以上の口径だ。

その威力は筆舌に尽くし難い。これで撃たれた人間は、風穴があくどころではなく、ミンチになる。

そんなふざけた威力の弾丸が雨あられと降り注ぐ。

本来車両に設置するようなものだ。間違っても歩兵が携帯するものではない。だが、そんな化け物を軽々とゴーレムたちは運用できる。

「マスター。防衛戦には向いているけど、攻撃には向かない」

ただ、弱点がないわけではない。

俺の生み出した魔物ではないので【収納】することができない。つまり、ゴーレムたちは自分で目的地まで移動する必要がある。

ゴーレムたちの足はけっして速くないので、攻め辛い。移動速度はスケルトンにも劣るのだ。

だが、拠点防御の際にこれ以上便利な存在はいないだろう。

「わかってる。こいつらは最強の盾だよ」

基本的に俺のダンジョンでは、攻めのアンデッド軍団。守りのゴーレム軍団と考えている。

「それより……、天狐の武器はできたのか」

「完璧、最高のものができた。ショットガンの構造分析、マスターが私にくれたH&K HK417の知識、ドワーフの勘、天狐の要望。全部を使って仕上げた。最高の逸品」

エルダー・ドワーフにはアサルトライフルを用意した。

H&K HK417
全長905㎜。重量4.25㎏。装弾数20発　口径7.62㎜×51。発射速度600発／分。有効射程400メートル
スケルトンのHK416の7.62㎜弾を採用したバージョンだ。

スケルトンであれば、反動が少ない5．56㎜弾ではないと扱いが難しく、スケルトンの射撃の腕では、装弾数が多いことが重要視される。5．56㎜は小さい分、装弾数が多いのだ。

だが、エルダー・ドワーフの筋力であれば7．62㎜弾を使うHK417でも十分に使いこなせるし、HK416に比べて装弾数が減るのも許容できる。

だからこそ、威力の高いこちらを渡していた。

エルダー・ドワーフは天狐のレミントンM870Pを強化する際、この銃から得た技術をも利用している。

「おとーさん、すごくいいの、新しいショットガン！　すごく強いし、連射できるし、最高なの！エルちゃん、ありがとう！」

離れた場所で試射をしていた天狐が戻ってきた。

かなり上機嫌でエルダー・ドワーフに抱きつく。

自らの武器が圧倒的にパワーアップしたので、喜ぶのも当然だろう。

「エルダー・ドワーフ。レミントンM870Pの改良点を教えてもらっていいか？」

「了解したマスター。まず、材質をミスリル合金にしたことによる、強度の上昇・軽量化。物質的な強度の他に、ドワーフのエンチャントをフルに活《い》かした」

そう、ドワーフは物質を魔術的に強化する。

ミスリルもただのミスリルではなく、さまざまな金属と合わせたミスリル合金で、強度と粘りが増している。

「次に、弾丸を一二ゲージから四ゲージに変えたことによる火力の上昇。また、弾丸のパウダーにミスリル・パウダーを混ぜている。ミスリル・パウダーは魔力を蓄積する性質がある、天狐が魔力を込めることで威力が上昇する。一二ゲージ通常弾と、四ゲージミスリル弾では威力が五倍違う……反動を抑える機能もつけたけど、こんな化け物を扱えるのは天狐ぐらい」

弾丸の威力が跳ね上がったのは喜ばしい。

だが、いい点ばかりではない。

魔力を使用することにより、俺の【創造】で弾丸が作れなくなっている。

もっとも、通常火薬を使った四ゲージ弾も、エルダー・ドワーフが完成させており、そちらは魔力が流れず、しっかりと記憶したので【創造】で作れる。

「ほかには、ＨＫ４１７を参考にして、セミオート機構を採用した。反動を利用して次弾を装塡する。弾倉交換も可能にしてある」

レミントンＭ８７０Ｐはポンプアクションで、毎回弾の装塡にポンプを動かす必要があったが、セミオート機構によって自動で次弾が装塡される。

つまり、連射が可能だ。

さらに、レミントンは弾丸を一発一発込め装塡する必要があったが、弾倉を取り付けるように変更したおかげで、弾倉を交換することで、まとめて弾丸が補充できる。

「すごいな。だが、一回り大きくなったか」

「それは仕方ない。弾丸の大型化、弾倉の採用。セミオート機構。どれも大型化に繋がっている」

「まあな。若干取り回しは悪くなるが、いい改造だ。よくやったなエルダー・ドワーフ」

俺はエルダー・ドワーフの頭を撫《な》でる。

エルダー・ドワーフはすまし顔だが、ほんの少し口の端が上がっている。

実をいうと、この子も天狐と同じ甘えたがりだ。撫でると喜んでくる。

俺は褒めて伸ばすタイプの魔王なので、機会があれば積極的に頭を撫でている。

この子の面白いところが、普段マスターと呼んでるくせに、たまに父さんと呼んで、顔を赤くして取り乱すことがあること。

この前、天狐やエルダー・ドワーフを甘やかす俺を見て、マルコは【ロリ】の魔王と言ったが、はなはだ心外だ。俺はただ、彼女たちを喜ばせたいだけだ。

「いよいよ明日、魔王たちが集まる【夜会】がある。天狐の武器が完成してよかったよ」

俺は小さくつぶやく。

マルコはそれまでにできるだけ、戦力を整えろとアドバイスをしてくれた。

実際に何があるかを教えるのはルール違反らしく、それ以上の情報は持っていない。

「何があっても。おとーさんは天狐が守るの」

「私もマスターを守る。マスターがいないと研究が進まない」

二人の娘たちはやる気十分だ。

天狐はレベル33、エルダー・ドワーフはレベル28。

適正レベルだけでいえば、Dランクの魔物相当だが、もとがSランクの魔物なのでBランクの魔物に匹敵する力がある。

優秀な特殊能力と武器の性能まで考慮すればAランクの魔物とも渡り合えるだろう。

「頼りにしてる。それと、そろそろ本格的に俺たち自身のダンジョンを考えないとな。お前たちの希望も取り入れるつもりだから、どんなダンジョンがいいか考えておいてくれ」

「おとーさんのダンジョンができるの？」

「まだ、もう少し先だけどね」

「楽しみなの！」

天狐は不安ではなく、未来への希望で目を輝かせる。

「マスター、鉱山は必須。ぜったいに最初に買って」

ドワーフはドワーフで、真っ先に自分の欲望を伝える。

そんな彼女たちを見て少し気が楽になった。

俺だけ、不安がっているのが馬鹿みたいだ。

「天狐、エルダー・ドワーフ、明日は一発かまそうか。俺たちの力を見せつけよう」

「やー♪」

「私の武器の力、思い知らせる」

今日は、明日に向けて武器の整備等を行い、いずれ造るダンジョンについて話し合い、たいそう盛り上がった。

第十七話　【誓約の魔物】

THE DEVIL IS MAKING CITY

翌日、マルコの部屋に来ていた。

魔王たちが集まる【夜会】に向かうためだ。

「マルコ、どうやって【夜会】に参加すればいいんだ?」

今までも何度か聞いた問いを、今回もする。

そのときがくればわかるとはぐらかすばかりで、マルコは答えてくれたことはない。

「何も。ただ待っていればいい。もうすぐそのときが来る」

マルコは薄く笑う。

彼女の周りには三体の魔物が控えていた。

ステータスを見なくとも、うちに秘めた圧倒的な力を感じる。

天狐は、その空気にあてられて戦闘態勢に入り、尻尾の毛が逆立っている。

「その三体が、マルコの【誓約の魔物】か」

「うん、そのとおりだよ。【獣】の魔王マルコシアスが従える一五〇〇体の魔物たちの頂点。それがこの子たち」

おそらく、こいつらは全員Aランクの魔物。それもAランクの中でもとびぬけた力を持っている。

「マルコ、普通、魔物は固定レベルで作るなんてよく言ったものだ」

「わかる？　この子たちは、全員Aランクかつ、変動レベルで生み出し、レベルの上限まで至った魔物たちだよ。Sランクにすら匹敵する」

レベルの上限が上がり、同一レベル時のステータスが固定で生み出した場合よりも優秀である変動レベルの魔物は、最大レベルまで育てると一つ上のランクの力に匹敵する。

将来的には、天狐なら倒せるだろうが、今の天狐では手に余る。それはエルダー・ドワーフが作った、改造ショットガンを使ったとしてもだ。

改造ショットガン　レミントン（改）　ED01S

全長1160㎜　重量3．1kg　口径4ゲージ　装弾数四発

元のレミントンに比べ全長が若干伸び、一回り大きくなっている。

だが、ミスリルに素材を替えたことでむしろ軽くなった。大口径化に伴い、装弾数が六発から四発になったが、弾倉交換が可能になっているので、総合的にはプラスだ。

ちなみに、型番のEDとはエルダー・ドワーフの略で、その第一作、Sはショットガンという意味があるらしい。

仮にアサルトライフルのエルダー・ドワーフモデルができれば、ED01Aとなるだろう。

「さすがは、大魔王の側近だ」

「驚いてくれてなにより、まあ、君には、君が私の子たちを見たときの驚きの十倍ぐらい驚かされたからね。みんな、挨拶してくれ。……なるべく派手にね」

マルコに従える三体の魔物のうちの一体が口を開く。

黄金の鬣《たてがみ》のライオンの頭、鷹《たか》の巨大な翼、白い大蛇の尻尾をもった魔物。

「我は、ライオグリフォン。大魔王マルコシアス様より、ゴルグナという名を賜っておる。子狐、うちに秘めたる力は相当のものだが、まだまだ幼く頼りないのう」

その一言を聞いて、天狐がむっとして一歩前に出て、改造ショットガンを構える。

「天狐が頼りないかどうか試してみるの?」

「かっ、かっ、かっ、そうすぐ熱くなるところが幼く、頼りないと言っておる……ほれ、見てみろ。よーくだ」

ライオグリフォンに言われて天狐は目をこらすと、首元に目に見えないほどの細い糸があった。もし、天狐が突っ込んでいれば首が切り落とされていた。

天狐が驚き、硬直する。その一瞬の隙に、全身が幾重もの蜘蛛《くも》の糸に縛られてしまった。かろうじて鼻から上だけが出ている状況。

「んん、んん、んんう」

立っていられず、唸《うな》りながら、芋虫のように暴れる天狐を見て、ライオグリフォンの隣にいる女性型の魔物がくすくすと笑いを漏らす。

すると服を突き破って、四本の蜘蛛の手足が現れた。人間の手足を合わせると八本。蜘蛛の魔物で、天狐を拘束したのはあいつだろう。

天狐の魔力が高まる。得意の炎の魔術で自らを拘束する糸を燃やそうとしている。

だが、いつまで経っても魔術は発動しない。

蜘蛛の手足を持つ女性が天狐に話しかける。

「無駄でありんす。わらわの糸は魔力を散らしてしまう故に。そして、【創造】の魔王、プロケル様。お初にお目にかかるでありんす。わらわは、種族はアラクネ。我が主に与えられた名はアモリテ」

アモリテと蜘蛛の魔物が名前を告げると同時だった。

銃声が響く。エルダー・ドワーフがアサルトライフルを放ったのだ。

しかし、その銃弾は糸に絡めとられた。

たかが糸にどれだけの力を込めれば銃弾を止められるというのか。

「躊躇《ちゅうちょ》なく攻撃する判断力。悪くないでありんす」

「何を余裕ぶってる。私の【眼】でその糸の強度を見抜いた。単発なら止められても連射には耐えられない。私は連射できる。痛い目にあいたくなければ、天狐を放せ。そちらが非礼をするなら、こちらも躊躇《ためら》わない」

エルダー・ドワーフがアモリテを銃で照準をつけたまま油断なく睨《にら》みつける。彼女は【真理の眼】というスキルをもつ。それはありとあらゆるものの解析を可能としていた。

「なかなか重い一撃。なるほど、わらわの糸では連射には対応できないでありんすな。ただ、ドワーフのお嬢さん。一番大事なことを忘れてないかえ？　……わらわたちは三人いる」

その言葉が終わる前に背後に強烈な殺気があった。

俺の影から魔物が生まれて首筋に爪が押し付けられていた。

いつのまにか、三体目の魔物が目の前から消えていた。どこかのタイミングで影に忍び込んだのだ。

「吾輩《わがはい》の種族は、タルタロス。主に与えられた名前は名前はクラヤミでござる、そこのドワーフ。一歩でも動けば、喉を切り裂く」

三体目に現れた魔物は、黒い体毛の人狼。一メートル後半でさほど大きくないが、武人の風格と鍛え抜かれた肉体だ。

天狐は身動きが取れず、エルダー・ドワーフも俺が人質に取られて悔しそうに歯噛みし口を開く。

「わかった。抵抗しない。だが、忘れるな。その人質がいなくなれば私があなたを八つ裂きにする」

もし、マルコが本気なら完全に詰みという状況。

そんななか、ライオグリフォンが得意げに天狐に話しかける。

「子狐よ。だから、幼く頼りないといったのだ。おまえは魔王の側近なのだろう？　魔王の最強の手札なのだろう？　そのお前が冷静さを失い、感情に任せた結果、あっさりと罠にはまって無力化された」

天狐が奥歯を嚙みしめマルコの魔物たちを睨みつける。

「ドワーフのお嬢ちゃんも落第でありんすな。連射でわらわの防御を貫ける確信があるなら、脅す前にそうするべきでありんす。そうして敵に時間を与えたあげく、一番大事な魔王様から意識を離して奇襲を許すなんて……間抜けもいいところではないかえ？」

エルダー・ドワーフも俯《うつむ》き拳を握りしめた。

悔しいがマルコの魔物たちは強い。それに狡猾《こうかつ》だ。

ただ、もう十分だろう。

「でっ、マルコ。いつまでこの茶番を続ける。もし、これが本気なら、こちらも切り札を切らざるを得ないんだが？」

俺は首筋に爪を押し当てられたままマルコに微笑みかける。

だいたい、彼女の考えていることはわかる。

「この状況で、そんな口を開けるとはびっくりしたよ。確かに、プロケルのいうとおり、もう十分かな」

マルコの魔物たちが、彼女のそばにもどっていく。

天狐に巻き付いた糸もほどいてくれた。

「おとーさん！」

天狐がもどってきて、俺の目の前にたち、マルコを睨み付けて警戒する。

「大丈夫だよ、天狐。きっとマルコは……」

俺が言いかけたところで、マルコが話し始めた。

「自分で言うよ。今回の芝居は、君たちに甘さを自覚してもらうためにやったんだ。もし、私が本気なら、君たちを皆殺しにできた。隙をつかれた。卑怯《ひきょう》だなんて言うなよ？　魔王同士だと、これぐらい当然だ。プロケルの言う、切り札が本物ならうまくいかないかもだけど」

「さあ、どうだろう」

切り札はある。

エルダー・ドワーフと協力して作り上げた奥の手。万が一、マルコと敵対したときのために仕込んであった。

やりようによっては、あの状況から逆転できた。

「他の魔王と会うまえに、魔王と敵対する怖さを知ってほしかった。とくに古い魔王は、今私がしかけたことぐらいは平然としてくる。そのことを覚えておいたほうがいい。でないと喰われて呑まれるよ」

「確かに身に染みたよ。痛いほどに」

天狐もエルダー・ドワーフも場数が足りずに自らの能力を活かしきれてない。

正面からの戦いはともかく、今回のような絡め手ではいいようにされてしまうだろう。

俺自身も、影から襲いかかる魔物に反応できなかったのは恥ずかしい。反省点は無数にある。

「授業は終わりだ。あっ、ちょうど時間だ。そろそろ来るよ。さあ、【夜会】だ」

その言葉と同時だった。

脳裏に声が響く。

『星の子らよ。時は満ちた。集え、輝け、そして己が存在を示せ』

その声を懐かしいと思った。

星の子。その響きが妙にしっくりくる。

意識が遠くなる。

天狐がぎゅっと俺の手を握ってきた。握り返すと天狐は微笑む。

そして意識がなくなった。

◇

目が覚める。
空が青かった。それは、見慣れた空の青さじゃない。海のような濃い青。
星がきらめく。比喩《ひゆ》抜きで色とりどりの星。
周囲を見渡すと、美しい庭園だった。だが、どこか無機質に感じる。
こんなものが自然界にあるわけがない。何者かに作られた世界。
正面を向いて度肝を抜かれる。
それはあまりにも荘厳で、巨大で、美しい、純白の宮殿。
いつの間にか、隣に現れていたマルコが口を開く。
「あそこが、私たち魔王を作り出した創造主がいる場所。パレス・魔王だ」
今から、あそこですべての魔王が集う【夜会】が開かれる

第十八話　【戦争】

パレス・魔王の中は、外見からの期待どおりの華美な内装。

天井は高く、調度品も一級のものが揃っている。

中に入ると、メイドの出迎えがあった。

彼女たちは人ではない。サキュバスだ。

ここにもサキュバスがいるのかと不思議な気分になる。

おそらく、転送魔術を目的に採用されているのだろう。

「わぁ、おとーさん。あのツボ、すごくかっこいい」

「私は退屈。研究する価値があるものがない」

キツネ耳美少女の天狐は、見るものすべてに興奮し、逆に銀髪ツルペタ美少女のエルダー・ドワーフはあくびを噛み殺していた。

こんなふるまいをしているが、二人とも油断なく周囲を警戒することを忘れていない。

マルコのお灸《きゅう》が効いている。

しばらく歩いていると、ひときわ豪華で巨大な扉があった。

扉の前には受付があり、そこで説明を受ける。三体までの魔物を連れていくようにと、サキュバスから指示を受けたので、【収納】されているスケルトンの一体を呼び出した。

THE DEVIL IS MAKING CITY

スケルトンの中で一番頭がよく、俺が心の中でスケさんと呼んでいるスケルトンのエースだ。

サキュバスが目を丸くした。

まあ、当然だろう。そして、俺はこのあとの展開も予想できている。

三体というのは、本来、【誓約の魔物】を想定しているはず。

つまりは、自分がもっとも信頼できる、最大戦力を見せつける場だ。

そこに20DPで誰でも買えるスケルトンなんてもっていけば、いい笑いものだろう。

だが、それでいい。

「天狐、エルダー・ドワーフ。ちょっと、周りを油断させたい。馬鹿にされると思うが耐えてくれ」

二人にお願いする。

天狐はうんっと元気よく頷き、エルダー・ドワーフは小さく首を縦に振った。

そして、部屋の中に入る。

◇

部屋の中では、情緒あふれる音楽が流れている。人型の魔物の生演奏だ。

最高級の料理と酒が山ほど用意され、それぞれが舌鼓を打っていた。

ここにいるのは魔王たちと、その配下の魔物たちだけだ。

だいたい、周囲の反応で魔王か、魔物かはわかる。

魔王は、俺のように人と見分けがつかないものから、竜人、獣人など、さまざまなバリエーションがある。

ただ、魔王に共通するのは二足歩行ができ、両手で細かな操作ができるものばかり。つまり、人型しかいない。

これは、何か意図があるのだろうか。

そんなことを考えながら、足を踏み出すと魔王たちの視線が俺に集中した。

新顔の魔王だ。なにせ、その魔王の連れている魔物で、だいたいそいつの持つ属性がわかる。

その属性しだいでは取引を持ちかけることを考慮しないといけない。

「ぎゃははははは、あいつ、スケルトンなんて連れてるぜ」

「ほかの魔物もレベル30程度、きっとランクが低い魔物だね」

「夜狐とドワーフか？　かわいそうに親も自分もBランクメダルか。しかもはずれ引きやがったな」

半分の魔王たちは俺を見て爆笑している。

夜狐とドワーフはともにCランクの魔物だ。彼らは俺がBメダル同士で【合成】を行い、はずれであるCランクを引いたと予測したのだろう
こいつらは雑魚確定だ。

魔王は魔物のレベルを見抜く能力を持ち、レベルが上がるにつれ、レベル以外の情報を読み取れるようになる。

ただし上位のランクの魔物ほど、情報を読み取るのにレベルが必要になる。

つまるところ、天狐とエルダー・ドワーフの力を見抜けずスケルトンという餌に引っかかって俺を甘く見るようなら三流の魔王ということだ。

怖いのは……

「ほう、面白い」

「どういう手品かしら？」

「今後が楽しみだな」

天狐とエルダー・ドワーフの価値を正確に見抜き、警戒してくる魔王たちだ。

こちらは注意して接しないとすぐに喰われる。

ふと、周囲を見渡すと、マルコが他の魔王たちと話し込んでいた。

マルコはこちらをいたずらっぽい目で見てすぐに会話に戻る。助け舟は出さない。自分の力で頑張れということだろう。

◇

ダンスホールの中でさまざまな魔王と話した。

俺を下に見ている雑魚魔王たちは、自分のイミテートメダルと俺のオリジナルメダルの交換を持ち掛けてきた。

どうやら、俺のメダルがよほど程度の低いものだと決めてかかっているようだ。

そちらは軽くあしらいつつ、少しでも相手の情報を得る。油断してくれているので、簡単に情報を漏らしてくれる。

逆に天狐とエルダー・ドワーフの力を見抜いている魔王たちは、みんな俺に興味を持ちつつも、ほかの魔王たちと牽制しあい、なかなか話かけて来ない。

もどかしく思っていると、とびっきりの馬鹿が来た。

「あなた、なんて貧相な魔物を連れているの？　かわいそうに。この、未来の大魔王、【風】のストラス様が、施しをしてあげるわ」

すみれ色の髪の少女だった。

彼女が【風】といった瞬間周囲がざわめく。

マルコの話を思い出す。四代元素、【地】、【火】、【風】、【水】のメダルのうち、【風】だけはずっと、その属性をもった魔王が現れなかった。

四大元素は汎用性が非常に高い上に強力。なおかつ例外なくAランクということがあって、その持ち主は羨望《せんぼう》の的になるとのことだ。

だから、【風】をもって生まれたこの少女は自分のことを選ばれた存在だと思ってもおかしくない。

「施し？」

「ええ、私の【風】をあげるわ。イミテートだけどBランクの力はある。もう少しマシな魔物を作りなさい」

彼女は【風】のイミテートを投げてくる。俺はそれを受け止めた。

イミテートとはいえ、手持ちにない【風】。ありがたい。だが、これをただ受け取るのは俺のプライドが許さない。

戦略的に油断させるのはいい。だが、施しを受けるのは別だ。

「ありがとう。なら、俺はこれを差し出そう」

交換用に用意しておいた【炎】のイミテートメダルを投げつける。

もとがAランクである、【炎】、【人】、【土】、【錬金】の四メダルは必ず需要があると考えておりイミテートを用意していたのだ。

「これは?」

「交換だ。俺も今年生まれた魔王でライバルだ。一方的に施しを受けるのは気分がよろしくない。そのメダルなら同格だろう」

俺の一言がよほど癇に障ったのか【風】のストラスは青筋を立てる。

「ライバル? その程度の魔物しか生み出せない分際で? Aランクのメダルを持つ私に向かってライバル? 笑わせてくれるわね」

「その程度? 逆に不思議なんだが、なぜ、その程度の魔物を従えているぐらいで俺の魔物を馬鹿にできる? 戦えば一分もたないぞ?」

ストラスが連れている魔物は三体。

風のイタチに、翼の生えた馬、それに天使のような魔物。

Dランクの魔物までしか詳細な情報が見えない俺にはレベルしかわからない。

だが、一体のみレベル69。残りは60前後。変動で生み出してこの短期間でここまでレベルを上げることは不可能。だとすると、Aランク一体にBランク二体。

「私の、私の【誓約の魔物】を馬鹿にしたわね。……絶対に許さない。あなた、名前は」

「【創造】の魔王プロケル」

「私は、【風】の魔王ストラス。いずれ私に喧嘩を売ったことを後悔させてあげるわ」

周囲がざわめく。

雑魚魔王どもは、俺を見て、死んだぜとか、自業自得だとか騒ぎ始める。

逆に力のある魔王たちは興味深そうに俺たちを見ている。

まあ、戦力的には互角だろう。

天狐とエルダー・ドワーフはSランクだが、今はレベルが低い。固定レベルで生み出したAランクの魔物相手だと純粋なステータスでは不利。優秀な特殊能力と圧倒的な武器の性能でほぼ互角。

だが、あと10もレベルを上げれば追い抜き、そこから先は圧倒するだろう。

◇

さらに時間が経った。

その間、いくつかイミテートメダル同士を交換したがオリジナルは手に入っていない。

なんとか、残りの時間で手に入れないと。

力ある魔王に【創造】との交換をもちかければおそらく手に入る。だが、口が堅く、なおかつ俺に害意がない魔王ではないと、ドツボにはまる。

そんなことを考えていると、ふと意識が遠くなった。

気が付けば壇上にいた。

俺のほかに九人。その中には、さきほど喧嘩をしたストラスも。

場の魔王たちの視線が、壇上の一〇人に集まった。

『星の子らよ。ここに新たな、星の子が生まれた』

ここに連れて来られたときの、声が響く。

『さあ、新たな星の輝きを祝おうではないか』

魔王たちが盃《さかずき》を掲げる。

気が付けば、俺の手の中にも盃が現れていた。

『祝杯を！』

ほとんど無意識に手にある酒を飲み干す。

うまい、うま過ぎる。なんだ、この酒は、そして内から湧き上がる異常な熱さ。新たな力が芽生えていくのを感じる。

『では、皆に決定事項を伝える。例年、新たな魔王は巣立ちするまでダンジョンの構築を禁じていた』

俺もそう聞いている。

一年の修行のあと、外に出て自らのダンジョンを造ると。

『しかし、それはあまりにも無為な時間をすごすことになる。何より、わしが退屈してしまう。よって、この場でダンジョンを造る権利を与える』

すべての魔王たちがざわめきだす。

そんな中、マルコが手をあげた。

【獣】の魔王マルコシアスか。発言を許す』

『はっ、創造主。私は反対です。まだ彼らはあまりにも幼く、世間を知らない。あっという間に水晶を砕かれ、力を失うでしょう』

それは間違いない。

なにせ、ろくな戦力がない。さらにＤＰも足りない。

本来一年という期間は、知識を得て、ＤＰを集め、戦力を集める期間のはずだ。

このままダンジョンを造っても、人間か、ほかの魔王か、どちらにとってもいい餌だ。

『おまえは優しい子だな。マルコシアス。だが、心配はいらぬ。一年後の巣立ちのときまで、新たな魔王たちのダンジョンを、他の魔王たちが攻めることを禁ずる』

それは助かる。

古参の魔王はともかく、新しい魔王だけが相手ならまだ守れる。

問題は、勇者と呼ばれる存在だが、そこは人間に不利益を与えない限りは牙を剥《む》いてこないらしい。

『さらに、巣立ちまでにダンジョンを失っても、一年後の巣立ちの際に新たな水晶を与えよう』

新しい魔王たちが色めきだつ。

それは素晴らしい救済措置だ。

だが、けっして水晶を壊されても大丈夫というわけではない。

なにせ、ダンジョンの空白期間が生まれればそれだけ、稼げるＤＰが減る。

他の魔王たちとの差ができる。

さらに、マルコは言っていた。水晶を壊されると魔王としての力すべてを失うと。

新しい水晶が与えられるまでの間、メダルの【流出】や魔物の作成、ＤＰとの交換。ありとあらゆることができない。

それどころか……もしかしたら今生み出している魔物がすべて消滅し、それは新たな水晶が戻ってきても返ってこないかもしれない。

『ただ、与えすぎで緊張感がないのも困る。新たな魔王たちよ。新しい魔王同士で、戦うがいい。喰いあい、力を手に入れろ。他者のダンジョンを攻略し、力を奪え。巣立ちまでに一度の戦争。それをノルマとする』

そういうことか。

神様はよほど俺たちを戦わせたいらしい。

どっちみち、巣立ちの際に新たな水晶が手に入る以上、他の魔王の水晶を壊して力を得ることになんの躊躇もない。

それは相手も同じだ。凄惨《せいさん》な殺し合いになるだろう。

『新たな魔王よ。古き魔王たちの知恵を借り、己が迷宮を造るといい。これで話は終わりだ……いや、一つ余興をしよう』

新たな魔王たちが驚きの声をあげる。

手に熱があった。手には【創造】のメダル。一カ月に一度という制約を無視して、顕現したのだ。

『このメダルはサービスだ。無償でプレゼントしよう。そして、たった先着一組、この場で簡易的な【戦争】をしてもらう。即席ダンジョンを造り、【疑似水晶】の砕き合いだ！　今、手に入れたメダルがチップだ！　勝てば戦った相手のメダルを得る。負ければ自分のメダルをう！』

新たな魔王たちは慌てる。

勝てば、相手のメダルを得られるのは大きい。

だが、余興と言った以上、この場にいる全員に自分の手の内を晒《さら》すことになる上、負ければオリジナルメダルを相手に譲らないといけない。

このまま、何もしなければメダル一個丸儲《もう》け。

リスクを負う必要なんてないのではないか？

その考えはわかる。

だが、俺は迷わない。ここで戦わないという選択肢はありえない。

問題は、どの魔王と戦うかだ。パーティの中である程度、新人魔王は誰がどんなメダルを所持しているかの情報は集めた。

あまり悩んでいる時間はない。先着一組しか、このチャンスをものにできない。

そんな中、まっ先に動くものがいた。

【颪】の魔王ストラスだ。

俺のほうをきっと睨み付け、口を開こうとしている。

なるほど、俺に恥をかかされたことの腹いせか。

少しいたずら心が湧いた。

「【創造】の」

「【颪】の魔王ストラス、おまえに戦争を申し込む！」

『では、この余興。【創造】の魔王プロケル、【颪】の魔王ストラスの二名による戦争となる」

奴の言葉を遮《さえぎ》って、宣戦布告する。

かっこよく決めるつもりだったのに、いきなり面目を潰されてストラスはわなわなと震えた。

俺はにやりと笑ってみせる。さらにストラスの怒りに油を注いだ。

すぐに熱くなる。あしらいやすそうな相手だ。これに勝てば、Aランク【颪】のオリジナルメダルが手に入り、【誓約の魔物】候補が作れる。

さて、最初の魔王との対決。どう戦ってみせようか。

第十九話　初めてのダンジョン造り

余興で【風】の魔王ストラスとの簡易的な【戦争】を実施することが決まった。

今は与えられた個室で【戦争】の準備をしている。

個室といっても馬鹿広く、半径数キロはあるだろう。天井も壁もない。白い異次元だ。

そこには、俺と頼れる配下である天狐、エルダードワーフ、スケさん。そして親にして、最強の魔王の一角、【獣】の魔王マルコシアスがいた。

「よし、ダンジョンを造ろうか。ただでダンジョン造りを経験できるのは悪くないな」

「プロケル、緊張しているかと思ったけど。ぜんぜんそんなことなさそうで安心したよ。いろいろと試してみればいいさ」

あくまで余興であるため、お互い失うものはほとんどない。

ルールは簡単だ。

今から一時間以内に、ダンジョンを構築し魔物を配置する。

そして、お互いのダンジョンの入り口を繋いだ状態で【戦争】を開始。

ダンジョンの最奥にある水晶を先に破壊すれば勝ち。

ただし、制限があり今回使用できるＤＰは支給された一万ＤＰに限定される。自前のＤＰは使用禁止だ。

ただ、魔物を含めたＤＰ以外の資産を持ち込むことは可能というルールだ。

支給された分は、自由に使ってよく、余ったＤＰおよび今回の戦いで造ったダンジョンは【戦争】終了後に回収されてしまう。

さらに、今回の戦いでは魔物を失っても返ってくるらしい。

「【刻】の魔王、ダンタリアンか」

創造主の命令で、ダンタリアンという魔王が、今回の【戦争】に協力してくれる。

彼は最大三時間前まで、自らの結界内にあるものすべての時間を巻き戻すことが可能だ。

そして、今回の戦争の制限時間は二時間。

つまるところ、最終的に巻き戻るので死んだ魔物も戻ってくる。

しかも、戦いの記憶や魔物を倒して得たＤＰ、経験値などはそのままにできるという万能ぶりだ。

おそらく、魔王としての能力も、メダルとしての能力も【刻】は最強クラスであることは間違いない。

なんとか、手に入れてみたいものだ。

「それで、君はどんなダンジョンを造るつもりだい？」

マルコはダンジョンを造ったことがない俺のサポートをやってくれる。

「それは、もう決めているさ【我は綴る】」

俺は、力ある言葉を読み上げ、魔王の書を取り出す。

そしてページを開き、ダンジョン作成の項目を生み出した。

「まずは、ダンジョンは洞窟型だな」

外観は、なんの変哲もない洞穴を選択する。

選んだ理由はただ一つ。安い。それだけだ。

白い部屋の中にこんもりと土の山ができ、洞穴ができあがる。

穴のなかは暗く、どこまでも続いていそうだ。

魔王のダンジョンは異世界の入り口、見た目と中の広さは関係ない。

「うん、えらいえらい節約できるところは節約しないとね。外観に気を配るのは、ＤＰが余りだしてからでいいよ」

「それはどうかな？　集客率も考えないとね」

「……君、本当に初心者？」

俺が言っているのは人間をいかに誘い込むかの部分だ。

何の変哲もない洞穴と、雰囲気のある城型のダンジョン。後者のほうが、魔物や宝といったものを得られると思うだろう。

特に新しく知名度がないダンジョンは、外観にこそ気を配らないといけない。

「まあ、今回は【戦争】するためだけの部分だからどうでもいいがな。俺の全力を尽くした。凶悪なダンジョンを造ってみせよう」

使い捨てのダンジョンなので、殺し合いだけに特化した構築ができる。

本来なら、人間たちにほどよく楽しく稼いでもらう接待じみたダンジョンを造るが、今回はそんな気はない。

ただただ、殲滅《せんめつ》のみを考える。

「ふふ、いい心構えだ。この余興はすべての魔王が観戦するよ。ここで【創造】の魔王ロリケルの力を見せつけてやるがいい！」

マルコがにやりと笑う。

「……マルコ、一体いま、俺のことをなんて呼んだ？」

「うん、どうしたんだいプロケル？　ほら、時間がない。次は内装だよ。今回は第一階層限定だ。単純なダンジョンしか造れないけど、その分難しいよ。気を使わないと！」

こいつは……絶対わざとだ。

あとで、ロリじゃない魔物を作って見返してやろう。

ふと、横目で俺の可愛い魔物たちを見ると、俺が造るダンジョンがよほど楽しみなのか、期待を込めた目で見つめてくる。

可愛い。抱きしめたい。もう、ロリケルでいいかもしれない。

「ごほんっ、そろそろダンジョンを造っていこうか」

魔王のダンジョンは一階層につき、三フロアからなる。

ＤＰを一万払うごとに造れる階層が増えていき、もっとも下の階層の最後のフロアの後ろに水晶部屋ができる。

イミテートメダルが５００ＤＰであることを考えると、割と高い。

「プロケル。魔王の書でフロアを買うとき、複雑な地形や、罠《わな》があるものほど高い。魔術的な要素が付け加えられるものは更に高くなる傾向がある」

マルコのアドバイスを聞きながらページを捲《めく》っていく。

確かに彼女のいうとおりだ。

一番安いのは、更地。その名のとおり地面剝《む》きだしの何もない地形。これは500DPで買える。

次に安いのは、石のフロア。これは床と壁と天井が舗装された石でできているだけの何もないフロア。1000DP

その次は、石の回廊。上のに似ているが、こっちは複雑な迷路。時間稼ぎができそう。2000DP。

変わり種で、溶岩地帯、3000DP。魔法付与《エンチャント》ルーム6000DPなど、凝ったものほど高くなっていた。

「さあ、プロケル、限られた予算の中で、最高の選択をするがいい」

まあ、悩むまでもなく。俺は決めている。

石のフロアを三つ買う。

購入時に、大まかな形と大きさを決めることはできる。

石のフロアの場合、フロアの中に壁を作ったりはできないが、石のフロア自体を長方形にしたり、三角形にしたりといろいろと選べる。

さらに、横と縦は3メートル～10キロ。天井の高さは最低3メートル～20メートルの間で自由にフロアの大きさを変更できるのだ。

フロアを大きくすればするほど、時間稼ぎになるが、その分魔物たちが守らないといけない範囲が広くなり、敵に素どおりされやすい。

まあ、俺の場合選択肢はない。

横幅4メートル、長さ2キロ、高さ3メートルの極端に縦長な長方形を三つ造った。

「よし、これで完成っと」

いい仕事をした。

なかなか、いいダンジョンができた。

「ちょっ、ちょっと待って、なにこの無駄に長いだけの一本道⁉ 全然迷わないよ。罠もない。ただ真っすぐに進めば、あっという間に最奥だよ⁉ というか、なんで7000DPも余らせてるの⁉」

俺の考えていること理解できずにマルコが慌てふためく。

「いいじゃないか、天井が低く、遮蔽物《しゃへい》がない完全な直線で一本道、地面を掘ることもできない。そして端から端まで二キロジャスト……こんな理想的なフィールドは他にないよ」

これほど最高な戦場は他にない。

それが三フロア。はっきり言って負ける気がまったくしない。

「その自信……なにかあるんだね？」

「安心してくれ。こと、守りにおいては絶対の自信がある」

俺がそう言ったタイミングで空間が歪んだ。

「【創造】の魔王、プロケル様。依頼を頂きましたものを持ってまいりました」

「ありがとう。そこに置いてくれればいい」

パレス・魔王で働いているサキュバスたちが転送魔術でやってきた。彼女たちは、マルコのダンジョンに置いてある大量の武器や、エルダー・ドワーフたちが作ったゴーレムたちを運んでくれたのだ。

エルダー・ドワーフの作るゴーレムは俺の魔物ではないので収納できず、連れてこれなかったのだ。

今回の戦い、もしゴーレムがいなければかなり厳しいものとなっただろう。

武器は、アサルトライフルに、ゴーレム用の一つ40キロを超える重機関、ブローニングM2キャリバー．50（改）銃五丁。及び大量の予備弾薬。

そして、マスタードに眠れる兵士。

ダンジョンの一フロア一フロアは、完全に密封されているため、マスタードはよく利くだろう。

「おとーさん、今回の戦い天狐は何をすればいいの」

「マスター、私にも指示を」

天狐とエルダー・ドワーフが話かけてくる。

俺の造ったダンジョンにかけらの疑いももってない。

信頼してくれているし、おそらく彼女たちは何のために俺がこんなダンジョンを作ったのかを理解している。

「防衛は、ゴーレムたちにすべて任せる。天狐とエルダードワーフ。そして、スケルトン軍団は攻撃だけに特化する！【戦争】開始と同時に、相手のダンジョンに突っ込むんだ」

本来、魔物ですらないゴーレムだけに防御を任せるのは愚策中の愚策。

なにせ、相手はAランクとBランクモンスター数体は確実にいるのだから。

だが、俺の造ったダンジョンと、装備があれば鉄壁の布陣となる。

「やー、わかったの！　おとーさんを馬鹿にしたあいつ、絶対に許さないの！」

「天狐に同意。……マスターへの侮辱を後悔させる」

「二人とも頼りにしてるよ」

頼もしい娘たちの頭を撫でる。

天狐は、にっこりと笑ってやー♪と言って、エルダー・ドワーフは無言だけど口の端が緩んでいる。

そんな俺を、生温かい目でマルコが見ていた。

これでまた一歩、ロリケルという汚名をそそぐ機会が遠くなった。

「それでプロケル、余ったＤＰはどうするの？」

「もちろん使うさ」

せっかく、一万ＤＰも手に入れたんだ。有効活用しなければ。

創造主は、余ったポイントと今回造ったダンジョンは回収すると言っていた。

つまり、それ以外は返さなくていい。

俺は大量にイミテートメダルの作り置きを始める。

「君って、案外けちだよね」

「戦略と言ってもらおうか。ダンジョンを強くするには魔物を作るのも正攻法の一つだろう?」

そう、俺は今回の【夜会】でオリジナルメダルこそ手に入れることはできなかったが、いくつかイミテートメダルを手に入れている。

それを使って魔物を作る。元がAランクで、イミテートによりBランクに下がった、【風】と【死】。とくにこれらは期待値が高い。俺の手持ちのBランクイミテートと合わせれば高確率でBランクの魔物が作れる。

【誓約の魔物】にするつもりはないので、固定レベルの即戦力にしよう。

さて、何が生まれるか。とりあえず、【風】は【獣】と合わせて、【死】は【人】と合わせてみよう。

【死】は知性が高いBランクの魔物が生まれてくればいいいんだが。

そんなことを考えながら、【合成】を始めた。

【合成】が終われば、ゴーレムの配置と、【合成】し終えた魔物たちの運用の考察。

時間はまだたっぷりある。少しでも勝率を上げていこう。

第二十話　アンデッドの貴族

THE DEVIL IS MAKING CITY

制限時間は残り四〇分ほどある。

まずは、エルダー・ドワーフに、今回の【戦争】に最適化したゴーレムたちのプログラミングを依頼した。

ゴーレムたちは決められたことしかできない。

だからこそ事前に完璧に行動ルーチンを決めておく必要がある。

今回の動作は極めて単純だ。そんなに時間はかからないだろう。

「マスター、行ってくる」

「任せた、エルダー・ドワーフ」

あっという間にプログラムを終えたエルダー・ドワーフはゴーレムたちと共にダンジョンのほうに消えていった。

ゴーレムたちの配置、銃と罠の設置と仕事は多いが、彼女なら完璧にこなしてくれる。

「天狐は手伝わなくて大丈夫？」

「ああ、大丈夫だ。あっちはエルダー・ドワーフの得意分野だからね」

エルダー・ドワーフはある意味、俺以上に近代兵器を熟知しているし、ゴーレムたちは力仕事が得意だ。俺たちが行っても手伝えることは少ない。

その間に俺は俺の仕事をしなければならない。

【人】のイミテートメダルを購入する。

そして、手には【死】のイミテートと、【人】のイミテートが揃った。

【死】については【夜会】で手にいれたばかり、【炎】のイミテートをほしがっていた魔王がいたので、イミテート同士の交換が成立した。

イミテートの交換で需要が高いのは、元がAランクであることはもちろん、汎用性《はんよう》が高いメダルであること。……そして持ち主が滅びた魔王であるとより喜ばれる。【炎】はそのすべてを満たしたため、引く手数多《あまた》だった。

「天狐、今から【死】と【人】で魔物を作る」

「天狐の仲間がまた増えるの！」

「とは言っても、天狐たちよりずっと弱い魔物になるけどね」

【死】はアンデッドモンスターたちの属性、【人】は人型の魔物を作れるし、なおかつ魔物に知性を与える。

高位のアンデッドが作れれば今まで以上にスケルトン部隊の運用がし易《やす》くなるんだろう。

祈りを込めながら、俺はメダルを握りしめた。

「【合成】」

手の中で激しい光が生まれる。

【死】と【人】が混じりあう。

いつもなら、【創造】の力で無数の可能性の中から、望むものを手繰《たぐ》り寄せるが、今回は通常の【合成】。そんなことはできない。

ひどく不安だ。何ができるかわからない。

【創造】のありがたさが身に染みる。

光が収まり、人型の魔物が生まれた。大きさも一メートル後半の人に近いもの。

それは骸骨《がいこつ》だった。しかし、スケルトンとは比べものにならないほど濃い闇の気配をまとい、上等なローブを身に着けている。

「俺は、【創造】の魔王プロケル。君の種族を教えてほしい」

言語が通じることに期待して、俺は骸骨の魔物に問いかける。

骸骨の魔物は、なかなか返事をしない。

やはり、そこまで知性の高い魔物ではないのか？

そんなことを考えていると、骸骨の魔物が口を開いた。

「我が君。私《ワタクシ》は、ワイト。冥界の侯爵でございます。以後、お見知りおきを」

骸骨の魔物が貴族のように優雅な一礼をする。

これで確信する。俺は当たりを引いたのだ。

「頼りにしている。ワイト。俺と話せているが、こいつらと話はできるか？」

今出しているスケさんだけではなく、収納しているすべてのスケルトンを呼び出す。

みんな、訓練を受けて銃を扱えるようになったスケルトンたちだ。俺の自慢のスケルトン部隊。

カタカタと骨を鳴らしながら、スケさんがワイトに近づいた。

「もちろんでございます。我が君よ。おおう、なんと可憐《かれん》で麗しいお人だ」

ワイトがスケさんの前に跪《ひざまず》き、手の甲にキスをした。

骸骨同士のキス。激しくシュールだ。

「そのスケさん女性だったのか……」

俺はそのことに大きな衝撃を受けていた。

「我が君、どこからどう見ても乙女ではありませんか」

ワイトとスケさんがカタカタと音を鳴らし合う。

そして、ワイトは考え込む仕草をする。

このワイトは、骨なので表情は見えないが、いちいち仕草が大げさなので、考えていることがわかりやすい。

スケさんがカタカタ音を鳴らさなくなると、ワイトが俺のほうを向いた。

「我が君、是非《ぜひ》お見せしたいものがあります」

「見せてみろ」

「はっ」

ワイトのほうを見ると、スケさんが持たせているポーチにある弾倉と、肩にぶら下げているアサルトライフルの弾倉を交換した。

どんなに教えてもできなかったことが、実現された。感動すら覚える。

「ワイト、お前が教えたのか」

「はい、そうです。私は下位アンデッドの記憶を読み取る力、操る力がございます。だからこそ、彼女の記憶を読み取り、どうしてもあなたの期待に応えられず、苦しんでいた動作をさせてやったのです」

ワイトがスケルトンの一体からアサルトライフルを受け取る。

そして、滑らかな操作で弾を充填し、空に向かって射撃を行った。

「さらに記憶を読み取ることで、他者の経験を我が物とすることが可能でございます」

その言葉は頼もしかった。

なにせ、今から銃を教えている時間はない。

ワイトに予備のアサルトライフルと替えの弾倉及び弾丸が入ったポーチを渡すと、恭《うやうや》しく受け取ってくれた。

「……そして、我が君よ。改めて忠誠を誓わせてもらいたい。創造主だからではなく、我が心が認めた真の主として」

ワイトが跪いた。

その姿には、気品と覚悟があった。

「スケルトンたちを通じてわかりました。最弱の魔物である彼らをあなたは愛おしんでくれた。大事にしてくれた。そして、彼ら全員、もっとあなたの力になりたいと願っている。素晴らしい人望です。そのような主の下に生まれたことを、神に感謝します」

「頭を上げてくれ。ワイト。お前の力頼りにしている」

「このワイト。砕け散るまで我が君のそばに」

こうして、主従の誓いが終わった。

ワイトはさっそく全員に、弾倉交換を教えこんだ。

よくよく見ると、スケルトン全員の動きが滑らかに早くなっている。

さすがは、冥界の侯爵と自称するだけはある。人を導くのが得意なのだろう。

そんなワイトのステータスを確認する。

種族：ワイト　Ｂランク
名前：未設定
レベル：56
筋力Ｄ　耐久Ｄ　敏捷Ｃ　魔力Ｂ　幸運Ｅ　特殊Ｂ＋
スキル：死霊の統率者　中位アンデッド生成　死霊活性　不死

ステータスはかなり低いが、特殊能力が優れている。

死霊の統率者は、アンデッドの記憶を読み取り、さらに操るスキル。スケルトンたちをうまく導いてくれるだろう。

中位アンデッド生成は死体を材料に最高でＣランクまでのアンデッドを作れるのでＤＰの節約

ができる。

特筆すべきは、死霊活性だろう。自らの支配下にあるCランク以下のアンデッドをすべて強化できる。

彼がいれば、スケルトン軍団は統率が取れ、俊敏になり飛躍的に強くなるだろう。

俺のほしいと思った能力すべてを備えている。

できれば、【創造】を使ったSランクで生み出してやりたかった。そうすれば、上位アンデッド生成をもって生まれただろうに。

その後、【風】と【獣】のほうはランクBの魔物、グリフォンとなった。頭が鷲《わし》で、体が馬の魔物。

知性は並程度だが、巨軀《きょく》であり人を乗せて飛べるのが大きい。

もしかしたら、今回の戦いに役立つかもしれない。

グリフォンを生み出したころ、エルダー・ドワーフがすべての下準備を終わらせて戻ってきた。

「マスター、戻りました」

制限時間五分前。

残りのDPをすべてイミテートメダルにするのも、芸がない。

そう言えば、エルダー・ドワーフが助手がほしいと言っていたのを思い出した。

「エルダー・ドワーフ。お疲れさま」

「マスターの指示どおり、ゴーレムを配置してきた。プログラミングも完璧」

「えらいな。ご褒美をあげよう。助手がほしいと言っていたから、Bランクのドワーフ・スミスを

「マスター、ありがとう！　これで研究が捗《はかど》る！　Bランクのドワーフ・スミスなら、かなりの作業を任せられる。私は頭脳労働に集中できる！」

俺は、エルダー・ドワーフの同系統かつ二ランク下のBランクの魔物、ドワーフ・スミスを二体ほどDPで購入した。一体１２００DPかかるので、こういう場でもないと手が届かない。

ドワーフ・スミスは褐色、黒髪の十代半ばぐらいの背が低めの少女たち。

天狐やエルダー・ドワーフのような超絶美少女とはいかないが可愛いほうだ。

さっそくエルダー・ドワーフが、ドワーフ・スミスにいろいろと教えている。

可愛らしい少女たちの集まりは大変眼福だ。

ドワーフ・スミスたちは圧倒的な上位種であるエルダー・ドワーフのことを崇拝の眼で見ていた。

これならエルダー・ドワーフの言う事を良く聞き彼女を助けてくれるだろう。

後ろでマルコがうんうんと頷き、口を開いた。

「ワイトやグリフォンを作ったときは、あのプロケルが、ロリ以外を作った!?　って驚いたけど、やっぱり君は君だよ。安心した」

親指をぎゅっと押し出すポーズをしてくるマルコ。

俺はもう何を言っても無駄だと判断して、ただ戦争のことを考えることにした。

慌ただしいが、なんとか制限時間にすべての準備が整った。

～【風】の魔王　ストラス視点～

「どう？　【竜】の魔王アスタロト様、私のダンジョンは！」

私は自信満々に親である、アスタロト様に自慢のダンジョンを見せる。

限界まで考えに考え抜いたダンジョン。

私の魔物は、飛行能力をもっているものが多い。足場が不安定で、飛行できる魔物が圧倒的に有利な渓谷のフィールド。

落とし穴が無数に用意された迷宮。

そして、足場が悪い溶岩地帯の三フロアを用意した。

機動力に優れる私の魔物たちのことを考え、どのフロアも最大限広くしてある。

きっと、【創造】の魔王プロケルは、一フロアだって突破できないだろう。

ポイントはぎりぎりまで使って、数十ポイントしか残っていない。

「ふむ、なかなかいいダンジョンだ。よくやったストラス」

アスタロト様は、優しいお爺《じい》さんというような見た目だが、私の親にふさわしい、最強クラスの魔王の一柱。

【獣】の魔王マルコシアス、【竜】の魔王アスタロト、【刻】の魔王ダンタリアンの三人の魔王は、現時点の最強候補だと言われている。

「当然だわ」

「ストラス。お前は優秀だ。恵まれた属性、Ａランクかつ汎用性の高いメダル、最強クラスのユニークスキル。頭も良く、戦闘能力も高い。間違いなく歴代の魔王の中でも、もっとも才能をもった魔王の一人だろう」

どこか、アスタロト様は憐《あわ》れむように私を見ている。

「なにを今更、私が天才であることはわかってるわ。そんな私に刃向かった、身の程知らず。あっという間に蹂躙してやる！」

Ｃランクの魔物しか作れない無能。

スケルトンなんかを連れ歩く恥知らず。それでいて、傲慢《ごうまん》で鼻もちならない奴。

他の魔王の見ている前で、けちょんけちょんにして笑いものにしてやる。

「君はまだ若い。敗北はいい経験になるだろう。敗北はなるべく早く、小さな戦場で味わうほうがいい。今回の【戦争】は適度な痛みを得る数少ない機会だ。立ち直れる程度の挫折なんて都合のいいものはそうそうない。たくさん学ぶといい」

アスタロト様の言葉はまるで、私の負けを確信しているようで。

私はひどくかっとなって、アスタロト様に背を向ける。

「目にもの見せてやる」

そして、ユニークスキルの発動をする。

【風】のユニークスキルは、さまざまな派生魔術が存在する。

その中でも最強の能力、【偏在】。その力を私のすべての魔物に同時にかける。

これは、ただでさえ圧倒的な私の戦力を倍増させる。私にふさわしい最高の力だ。みんな勘違いしている。これは戦いなんかじゃない。私によるただの一方的な虐殺だ。

自然と笑みがこぼれる。これから未来の大魔王、【風】のストラスの力をすべての魔王に見せつけるのだから！

第二十一話　ミスリルゴーレム

ダンジョンを造るための制限時間が終了した。

同時に俺の意識が遠くなる。

創造主に呼び出されたのだ。

さきほどとは別の白い空間、俺の背後には造ったばかりの洞窟型のダンジョン。

そして正面にはすみれ色髪の生意気そうな少女、【風】の魔王ストラスがいた。彼女の背後には無数の魔物。防衛用の魔物はダンジョンに設置し、俺のダンジョンを攻略するための魔物をこの場に用意しているのだろう。

俺も同じだ。天狐とエルダー・ドワーフ。ワイト、スケルトン軍団。そして、グリフォン。ゴーレム以外の全戦力を用意してある。

だが、いくらなんでもストラスの魔物の数が多すぎる。一〇〇体近い数。俺と同時期に生まれた以上、限界まで魔物を作ってもそれが限界値のはずだ。すべての魔物を攻撃に回しているのか?

いや、それはない。何か手品があるのだろう。

ストラスの背後には、俺と同じ洞窟型のダンジョンがあった。

ただ、俺のがみすぼらしい外観の洞窟に対し、彼女の洞窟は予算が許す限り立派に見えるものを選んだようだ。見栄《みえ》っ張りな性格が透けてみえる。

「よく逃げずに来たわね。それだけは褒めてあげるわ」

「せっかくのオリジナルメダルを得る機会、無駄にするわけにはいかないからな」

俺の安い挑発に乗って、ストラスが青筋を立てる。

なるべく熱くなってほしい。

相手が熱くなれば熱くなるだけ、勝率があがる。

白い空間の空に大きなスクリーンが浮かびあがる。

そこには熱狂した魔王たちの姿が映されていた。たぶん、向こうからはこちらの姿が見えているのだろう。

ストラスは目に見えて緊張している。無理もない、彼女にとっては圧勝して当たり前。俺のような木っ端魔王。蹂躙して当然なのだ。

「……この【戦争】、制限時間は二時間あるようだけど、そんなにいらないわね、瞬殺してあげるわ」

「できるといいな。まあ、俺はゆっくりと攻略するよ。どうせ、俺のダンジョンは、ストラスには攻略できない」

ここまで言われれば、ストラスは初手から全力でいかざるを得ない。

急がないといけない。その考えは自らの選択肢を恐ろしく狭めることになるのだ。

『これより今日の【夜会】の目玉である【創造】の魔王プロケルと【風】の魔王ストラスの【戦争】を行う。己のメダルとプライドをかけた一戦。若獅子たちの戦いから目を離すことのないように』

創造主の声が響く。少しだけはしゃいだ様子があった。

いよいよか。

『試合前に面白いものを見せよう。恒例のように今回も希望者は賭けをしておる。今回のレートはこうだ。【創造】は、レートが1．3倍。【風】はレートが3倍。下馬評では【創造】が圧倒的に有利、さあ【風】はこの下馬評を覆せるか？』

モニターに観戦している魔王たちがＤＰを賭けた金額とレートが併せて表示される。

随分と俺に偏ったものだ。

まあ、無理もない。俺の実力を見抜ける魔王たちは、俺がＳランクの魔物を従えていることを知っている。そして、実力者たちは保持するＤＰが多く賭け金も大きくなる。

見えている戦力はほぼ互角だが、Ｓランクの魔物を作れる俺には何かがあると読んでいるのだろう。

そうなれば、俺のほうに賭け金が集中するのも理解できる。

ただ、そのことを理解できないストラスにとってはショックが大きいだろう。

「ばっ、馬鹿にして、私が、この男に劣っているように見えるの⁉　私の力を見せつけてやる！　私は未来の大魔王なのよ！」

ここまで来るといっそう哀れだ。

完全にストラスは我を忘れている。

『では、【戦争】を始めよう。ルールは単純だ。制限時間二時間。先に水晶を壊すか、相手魔王を倒したほうが勝ちとなる。降参した場合、水晶を砕かれるが、今回は疑似水晶のほうが砕かれる。この白い空間から相手のダンジョンに侵入し、相手の拠点の水晶の破壊を目指せ、この白い部屋での戦闘、妨害は禁ずる。準備はいいか？』

俺とストラスは頷く。

このルールは合理的だ。この場で妨害できるならダンジョンに入らせないという戦術がもっとも効果的になってしまう。

『では、【戦争】開始だ』

～【風】の魔王ストラス視点～

私は奥歯を噛みしめ、悔しさを堪《こら》えていた。

賭けのレートはショックだった。

私があの男より評価が低い？　四大元素をもつ、選ばれたこの私が？　ありえない。ありえない。ありえない。

ダンジョンに入るなり、私は【転送】でダンジョン最奥の水晶の部屋に飛ぶ。

魔王権限だ。自分のダンジョン内であれば、好きなフロアに跳べる。魔王が倒されればおしまい。

一番安全なところにいるのは定石。

そして、私は無理に前線に出る必要はない。

なぜなら、私のユニークスキルは最強なのだから。

それは、【風】。風を吹かせることはもちろん、風の刃の生成、空を飛ぶなど汎用性が高く、なにより【偏在】を使える。

それはいうならば、一時的な魔物のコピーだ。

一度に百体までの魔物を、ランクを一つ下げて複製する。ただし、発動できるのは一日一回きり、生み出した魔物は一時間で消えてしまう。

その力は常に発動済み。【偏在】で作った魔物すべてを、相手のダンジョンを攻略するために外に配置している。

「負けるわけがない」

そう、負けるわけがない。

私は生まれてから今まで、死に物ぐるいでＤＰを稼ぎ、魔物を作り続けてきた。その数、総勢九八体。それも最低でもＤランクの強力な軍団だ。

スケルトンを連れ歩く必要があるような貧相な軍団しか持っていないあの男とは格が違う。

ただでさえ、質でも数でも魔物戦力は敵を圧倒しているのに、魔物の数を【偏在】で二倍にした。

私はすべての魔物を自陣に置きつつ、【偏在】で生み出した魔物すべてを攻撃に回せる。

いや、【偏在】じゃない魔物も半分は攻撃に回そう。そうすれば、予定よりずっと速く、圧倒的に攻め入ることができる。

自陣に残っている魔物たちの半分に、外に出て相手のダンジョンを攻めるように指示を出した。

さあ、蹂躙しよう。

私は、【風】のスキルを使い、実体はここに残したまま、アバターである霊体を前線に飛ばした。

お互いのダンジョンの入り口が設置されている白い部屋だ。

あの男は配下と共に突っ立っているだけで、自分のダンジョンを守りも、こちらに攻めてもこない。

……なんて、情けない。一生そこで突っ立っていればいい。

私のアバターは霊視できる魔物しか私の姿を見ることができない。

事実、あの男は私の姿に気が付いていない。

キツネの女の子の耳がぴくぴくとこちらに動いている気がするが、気のせいだろう。

それにしても、配下の魔物も自分もまったく動かず、私たちの様子を見ているなんて、どういうつもりだろう?

「ローゼリッテ、始めなさい」

【誓約の魔物】の一体に命令する。

それは、天使型の魔物。アスタロト様から頂いた【聖】と私の【風】で作られた最強の手札。

ラーゼグリフ。

ステータスが優秀なだけじゃない。Aランクの魔物は強力な特性を持っている子が多いけど、この子は特に優秀だ。

自軍すべてを強化するスキルがある。

あの男の魔物なんて一瞬で蹂躙できるだろう。

◇

天使型の魔物ラーゼグリフのローゼリッテが、白い部屋にいる魔物に突撃の命令を出す。

この場にいる魔物たちは総勢九八体。援軍であと五〇体来る予定。ほとんどがCランクとDランクでたまにBが交じっている。

【偏在】のコピーでランクが下がった分、ローゼリッテの全軍強化スキル。【十字軍】である程度は落ちた力を補っている。

あの男のダンジョンは入り口が狭い。

一度に入れる魔物はせいぜい十体だ。

編成を組んで魔物たちがダンジョンの中に入っていく。

ダンジョンの中は異次元だ。ここから中の様子は見られないし音も漏れてこない。

だが、ローゼリッテはすべての魔物とテレパシーによる通信ができる。彼女は、軍団の運営に特化した魔物だ。

「おかしいわね」

「はい、そろそろ連絡が来てもいいころですが」

ローゼリッテと共に首を傾げる。中に入った魔物からの連絡が来ない。

中に入り問題なければ、後続の部隊に入るように指示を出すし、万が一強敵がいれば、増援を呼ぶ。どちらにしても連絡が来るようになっていた。

そのはずなのに、いっこうに連絡が来ない。

「ローゼリッテ、中の魔物たちは？」

「それがこちらから呼びかけても返事がありません」

「まさか、殺されたの？」

ありえない。第一陣はＣランクがほとんど。

【偏在】で劣化しているとはいえ、【十字軍】の補正でＤランク上位の力はある。それが数秒で消えるなんて。

「念のため、第二陣を進めましょう」

ローゼリッテの判断に頷く。

そして、第二陣を進めた。

二陣がダンジョンに入ってから数十秒が経った。やはり、中の魔物から連絡がこない。

ローゼリッテがテレパシーを送っても返事がないようだ。

「こうなったら、私が行くわ」

「ストラス様自らが出向かれるなんて」

「それが一番確実よ」

この身は【風】で作った霊体。滅ぼされることはありえないし、滅ぼされても問題がない。

一番確実に中の情報を調べられるだろう。

◇

ダンジョンの中に入る。

「はっ、なにこれ。馬鹿なの？」

中は石のフロア。

横幅は4メートルほどしかない。ただ長さが2キロはある。しかし、ひたすら真っすぐに延びているだけの道。

こんなのただ駆け抜けるだけで攻略できる。

わけがわからない。手抜きもいいところだ。

ただ、天井が三メートルしかないのはいら立つ。空を飛べる魔物の力を活かしにくい。

周囲を見渡す。

「ひっ⁉」

そこにあったのは、私の魔物の死体だ。

それも原形をとどめてない。完全なミンチ。

いったい、何をされたら、ここまで凄惨《せいさん》な死体になるというか？

しばらくして、青い粒子になって死体が消える。

これを見て確信した。

ここに入った魔物は、なんらかの手段を持って瞬殺された。

なら、どうやって？

目を凝らすと、最奥にミスリルゴーレムが二体並んでいた。何やら巨大な鉄の筒を構えている。

ミスリルゴーレムは、魔物で換算すればＢランクに相当する力がある。

だけど、馬鹿力と耐久力だけが取り柄《え》で、鈍重で反応が鈍い。いわゆる木偶《でく》の坊。脅威じゃない。

なら、いったい何が私の魔物を？

「ローゼリッテ、魔物を一部隊よこして」

このまま突っ立っていてもわからない。

実演してもらうしかない。

霊視できないゴーレムに私は見えていないが、もし、敵が来たら何か行動を起こすかもしれない。

ローゼリッテが魔物を派遣した。

エルフモドキと、レッサーグリフォンの混成部隊。十匹ほどがダンジョンに入ってくる。

すると……

暴風が吹き荒れた。

私の顔の横を恐ろしく速い何かがとおり過ぎる。

そして、背後で爆発。エルフモドキも、レッサーグリフォンもまとめて、弾け飛びただの肉片になる。

その後、爆音がいくつも響いた。

なに、なんなの、これ。

「一体なんなんなのよぉぉぉぉぉ、これはぁぁぁぁぁ!?」

わけもわからず叫んだ。

前を向くと、最奥にいるミスリルゴーレムの構えている鉄の筒から煙が出ていた。

あれで攻撃をしたのだ。

音を置き去りにする、悪夢のような攻撃。

それも、二キロ以上離れた位置から。

つまり、このフロアすべてが、この攻撃の射程範囲内。逃げ場はどこにもない。

ふざけてる。私の全魔物の中でもっとも射程の長い攻撃が二〇〇メートル程度。

それなのに、二キロすべてが射程？　それも一瞬で私の魔物をミンチにするようなふざけた威力かつ、音を置き去りにする反応不可能な速度で？

こんな、こんなことはありえない。

「いえ、冷静にならないと。私は未来の大魔王なのよ」

ありえた。ありえたからこうなっている。

認めよう。認めたうえで、攻略してやる。おそらく、あの男のユニークスキルだ。ただのゴーレムに圧倒的な射程と攻撃力を与えている。

なら、次の手は簡単だ。

こんな超高威力、高射程の魔術、そうそう使えるわけがない。

魔王のユニークスキルといっても限界がある。

これほどの力、連続では使えないだろうし、回数制限だってあるはずだ。魔力だって消費が大きいはず。

どう、悲観的に考えてもせいぜいあと二回が限度のはず。物量で押せば容易《たやす》く突破できる。

さあ、少し予定が狂ったがすぐに攻略してやる。

私は、ローゼリッテに次の作戦の指示を出し始めた。

第二十二話　絶望の先にあるのは……

「ローゼリッテ、休みなく魔物を次々に突っ込ませるわ。まずは編隊を整えなさい！」

私のもっとも信頼する魔物。

天使型の魔物ラーゼグリフであるローゼリッテにテレパシーで指示を出す。

すべてはこのダンジョンの攻略のため。

「すぐにとりかかります。ストラス様」

確かに、ダンジョンに入った瞬間に即死させる攻撃には驚いた。

こんな超高威力、高射程の魔術、そうそう使えるわけがない。

魔王のユニークスキルといっても限界がある。

これほどの力、連続では使えないし、回数制限だってあるはずだ。魔力だって消費が大きいはず。

どう、悲観的に考えてもせいぜいあと二回が限度のはず。

なら、次々に魔物を突入させて、攻撃が止まった瞬間に距離を詰め、倒す！

ここにいる敵はたった二体のミスリルゴーレムだけなのだから。

「ストラス様。編隊、整いました。いつでもいけます」

「ローゼリッテ、全員に可能な限りの防御強化の付与、防御スキルを持っている魔物は、全員出し惜しみをせずに使わせて！　全軍突撃よ！」

「かしこまりました。ストラス様」

これでこの悪夢を突破できる！

そう私は信じていた。

◇

その二〇分後、私は乾いた笑いを浮かべていた。

私の馬鹿な思い込みで、一〇〇体近く大事な魔物を失った。

途中で止めようと思った。でも、みんなを無駄死にで終わらせるわけにはいかない。もうすぐ、敵の限界が来る。味方の犠牲が増えるほど、引き返せなくなり、このざまだ。

途中、仲間たちの死体を盾にし、半分ほど進んだ子もいた。

だけど、その子は地面にある何かを踏んだ瞬間、その何かが爆発して命を落とした。即死だ。

たぶん、その何かはミスリルゴーレムのところにたどり着くまでに、いくつもあるだろう。

八〇体もの魔物を犠牲にして、最高で半分までしか進めない。

ゴーレムまでの二キロが果てしなく遠い。

「あは、あはははは」

敵の攻撃は途切れなかった。

いや、途切れることもあったが、数十秒後にはまた攻撃を再開した。

変な帯を鉄の筒に繋ぐとすぐに攻撃が可能になるのだ。

突撃する魔物を増やしても。肉片を増やしただけ。

そもそも、冷静に見ると、あの攻撃に魔力のひとかけらも感じない。あれは魔術じゃない。なら、いったいなんだと言うの？

わけがわからない。

ただ、ずっと、魔物たちが死んでいく光景を見てわかったことがある。

あれはAランク上位の全力攻撃に匹敵する破壊力の物体を、音の三倍の速さで、一秒間に一〇回繰り返す。

そして、最大で一〇数秒間攻撃を続けることができ……二〇秒後にはあっさりと、また同じ攻撃ができるようになる。

そんなの、突破できるはずがない。ゴーレムまでの距離が長すぎる。

このフロアすべて射程内。隠れるところも盾にするものもない。いったいどうすればいいの？

いや、一つだけ突破口がある。

だけど、それは……

そんなことを考えていたとき、脳裏に声が響いた。

『やりましょう。ストラス様。このまま終わりなんてありえないです』

『俺たちなら突破できる』

『目に物を見せてやろうぜ』

私と繋がっている【誓約の魔物】たちだ。

深い繋がりがある【誓約の魔物】たちに、私の思考が流れていってしまったのだろう。

「やめて、私の考えは、【偏在】で生み出したコピーだけじゃ無理、本物のあなたたちを危険にさらすわ。いえ、危険どころじゃなくて、全員生存は無理よ」

『ストラス様、わかっているさ』

『だがやらねばならないです、ストラス様。……ローゼリッテ、【偏在】のおまえは借りる。だが、本体は防衛のために自陣に戻れ。守りの要のお前がいないと支障が出る』

『わかりました。では、みなさんご武運を』

私のダンジョンに残していた、オリジナルの【誓約の魔物】その二体がこちらに向かって来ている。

私の子たちはひどく難しい賭けだとはわかっているだろう。だけど、私の名誉のため、この難攻不落のダンジョンに挑むと言ってくれた。

そんな我が子が愛おしい。

そして、その子たちなら蜘蛛の糸のように細い突破口を越えてくれるという期待があった。

まだ、三フロアあるうちの一つ目。

だけど、ここは間違いなく、あの男の切り札。

全リソースをつぎ込まなければこれだけのものは作れない。

ここさえ突破すれば、勝利は確実だ。

なら、私の愛する【誓約の魔物】たち、その底力に賭けてみよう。

死力を尽くしこのフロアを突破し、そして、絶対に勝つんだ！

◇

私は一度、地上に出る。

そこにいたのは、私の自慢の【誓約】の魔物たち。

Aランク。天使型の魔物ラーゼグリフ……ローゼリッテ。

Bランク。カマイタチ型の魔物シザーウインド……マサムネ。

Bランク。天馬型の魔物ペガサス……フォボス。

みんな、強く、頼りになる優しい自慢の子たちだ。純粋な戦闘力なら、もう一体特別な子がいるが、総合的な能力ならこの子たちがもっとも優秀だ。

「ストラス様、誓約の魔物が全員揃いました。私だけは【偏在】しかいませんが」

天使型の魔物ローゼリッテが苦笑する。

「さっさと、ぶち抜いちまおうぜ」

「ああ、あれだけの戦力を第一のフロアに集中させているんだ。あのフロアさえ抜ければ後はやりたいほうだいだ」

カマイタチのマサムネは自信満々に、ペガサスのフォボスはどこか冷静に意見をくれる。

ついさっきまで、あきらめさえあったのに、心の中が軽くなる。

私は、この子たちを作ってよかった。

この子たちがこんなに前向きなんだ。ここで私が暗い顔をしてどうする！

「我が【誓約の魔物】たち！　これより、卑劣な罠を真正面から突き破る！　私は私の魔物たちが成し遂げると信じている！」

「「「はい、ストラス様」」」

この子たちにできないはずがない。

私は、希望をもって信じられる魔物たちとダンジョンに潜った。

◇

これまでの数十体の魔物の犠牲は無駄ではなかった。

おかげでいくつかの弱点が見えている。

あのゴーレムたちの攻撃は、上方への攻撃になった瞬間命中精度がひどく落ちる。

つまり、天井すれすれを超高速で飛べば、いっきに危険度は下がる。

とはいっても、命中精度が下がるだけで安全なわけじゃない。

だから、隊列を組んだ。

【偏在】カマイタチ、カマイタチ、【偏在】ペガサス、ペガサス、【偏在】ラーゼグリフ。が一列に並ぶ。

ラーゼグリフは全体の能力向上を行い、風の防御障壁が得意なカマイタチが、防壁を展開。ぎりぎりまで敵の攻撃に耐える。

そして、すべての防御を貫かれたあとは、最速を誇るペガサスが駆け抜けるといった作戦だ。

チャレンジできるは一回切り。

私は霊体のまま、オリジナルのペガサスにしがみつく。

そして、いよいよ決断のとき。

最初で最後の特攻が始まった。

◇

天井すれすれの超高速飛行。

おとりで、地上からも魔物を突進させる。時間稼ぎのためだ。

もう、【偏在】の魔物はほとんど尽きた。なので、本来防御に回すはずだった、魔物たちをダンジョンから引っ張ってきている。

数十秒で、魔物たちが肉片になった。

しかし、その時間で距離を四分の一ほど詰めた。

地上の魔物を仕留め終えたゴーレムたちは、鉄の筒を傾けこちらを狙ってくる。

カマイタチが全力で風の防壁を張る。

すぐ近くを、鉄の球がかすめていく。どんどん鉄の球が近くなる。

そして、ついに直撃。

たった一発で、風の防壁を鉄の球が突き破る。

だが、防壁による威力の減衰。ラーゼグリフのエンチャントのおかげで致命傷にはならない。

【偏在】のカマイタチは二発の直撃に耐えてくれ、三発目で青い粒子になって消えた。

残り、距離は二分の一。

距離が詰まれば詰まるほど命中精度が高くなる。【偏在】より強力なカマイタチ本体も、頑張って耐えてくれた。

しかし、限界が来た。

防壁を維持できず、直撃を喰らって即死する。

だが、もう距離は残り三分の一を切った！

駆け抜けられる！

そんな希望を持ったときだった。

カマイタチが倒れ先頭にいた【偏在】ペガサスが突如猛烈に苦しみ始める。

まさか⁉　毒？　ゴーレムの近くの空気には毒が含まれていたのだ。なんて狡猾《こうかつ》な。

だけど、【偏在】で生み出したペガサスは、毒にもがき苦しみながら、それでもにやりと微笑み、
最後の気力で風を巻き起こした。

毒が霧散する。

残りはオリジナルのペガサスと【偏在】ラーゼグリフだけ。

ミスリルゴーレムがペガサスに狙いをつける。今までの経験でわかる。避けられない。ここまで来て……

半ばあきらめかけたとき、ラーゼグリフが微笑んだ。

ペガサスを追い抜き先頭に立つと両手を広げた。鉄の球を何発か受ける。

青い粒子が立ち上っている。消滅の前兆。

「ローゼリッテ！」

「あとは任せました。ご武運をストラス様」

彼女は自分の役目はこれまでだと悟り、最後に盾になってくれた。

いつ消滅してもおかしくない状況で、ペガサスの背をポンと押し、最後に残った力を振り絞り風を吹かす。

ペガサスが風に乗って超加速。ミスリルゴーレムの頭の上を超えた。

後ろを振り向く、ラーゼグリフが微笑み、次の瞬間、ハチの巣にされて消滅する。

私は涙をこらえる。

みんなを犠牲にしてここまできた。絶対にこの犠牲を無駄にできない。

ペガサスも気持ちは一緒だ。

ただ、全力で羽ばたく。

そして、ついに……

「抜けた！」

悪夢のフロアを抜けた！

第二のフロアにたどり着く。もう、あのゴーレムの攻撃は届かない。

「やった、やったわ。フォボス」

ペガサスの名前を呼び、彼の首に抱き着く。

ペガサスが誇らしそうに、ひひーんと鳴き声をあげた。

払った犠牲は多かった。

だけど、私たちは卑劣な罠を攻略した。

私の【誓約の魔物】たちはその勇気で、あの男の悪意を乗り越えた！　私の魔物は最高だ！

さあ、前を向こう。

一番の難所をクリアしたからといって気は抜けない。

おそらく、ここに一番力をつぎ込んで来たのだろうが、残り二フロアあることには変わりない。

ペガサスは自慢の魔物だけど、彼一体で最後まで戦い抜くのは難しいだろう。でも、きっとやってくれる。

私とペガサスは、まっすぐに前を見つめる。

そこにあったのは……

「……こんな……こんなの……ありえない。こんなの絶対おかしいわ！」

ただの絶望だった。
二キロ近いただただ、まっすぐな道。
その最奥にはミスリルゴーレム。そしてその前には悪夢の鉄筒。
今通り抜けたフロアとまったく同じ構成。
仲間たちの屍《しかばね》を越えてやってきた。
絶望の先にあるのは希望だと信じていた。
でも、実際は絶望の先には絶望しかなかった。
頬を涙が伝う、乾いた笑いがこみ上げてくる。
もう、私の仲間は残ってない。それにそもそも、ここを抜けたところでまた……。
「いったい、何のために私はみんなを犠牲にして！」
私の叫びはどこにも届かない。
ミスリルゴーレムの構える鉄の筒が火を噴く。
次の瞬間、ペガサスがミンチになった。
私は涙を流しながら、自分の心がぽきりと折れる音を聞いていた。

第二十三話　ダンジョン攻略

THE DEVIL IS MAKING CITY

～プロケル視点に戻る～

「よし、そろそろ行くか」

俺は屈伸し、本格的に【風】の魔王ストラスのダンジョンを攻略することを決めた。

今まで、お互いのダンジョンが向かい合う白い部屋で様子をうかがっていたのだ。

「おとーさん、暇だったのー」

天狐がぷくーっと頬を膨らませる。

「ごめん、ごめん。相手の戦力を削ってからがいいかと思って。それに、ゴーレムたちが手に負えない奴がいてもここからならフォローできる」

【風】の魔王ストラスは熱くなっていた。それに負けず嫌いの性格。放っておけばどんどん戦力をつぎ込んで……犠牲を出してくれる。

俺たちがダンジョンを攻めて、守りを固めるなんてことになれば面白くない。

攻め込むのは、相手が疲弊してからで十分。

そして、俺のダンジョンを突破されることはあまり心配していない。

この白い部屋で、彼女の軍勢を見ていたが、懸念していた霊体系の魔物、ガス状、スライムなどの物理攻撃が利かない敵はいないし、盾になるような魔物もいない。

そもそもが、【風】は機動性と隠密性に優れた属性。

高速かつ、耐久力低い魔物が生まれやすい。はっきり言ってその素早さが活かせない俺のダンジョンではただのカモだ。

ブローニングＭ２キャリバー．50
全長１５６０㎜。重量38．０㎏。口径12．７㎜×99。発射速度６５０発／分。有効射程２０００メートル
重機関銃による12．７㎜弾の弾幕を形成できるミスリルゴーレム。

その射程は二キロにもおよぶ。

つまるところ、俺が作った２㎞の直線ダンジョンというのは、一歩足を踏み入れた瞬間に重機関銃の射程に入り、なおかつ遮蔽物《しゃへいぶつ》ゼロ、回避可能スペースがゼロという悪夢のダンジョンだ。

ゴーレムは耐久力と筋力は非常に高く並のＡランクの魔物を上回るが敏捷性が鈍く総合的な戦闘力は低い。

だが、重機関銃をぶちかますだけなら、敏捷性なんて一切関係ない。その高い攻撃力を活かせる。

それに、水晶の部屋で留守番してもらっているドワーフ・スミスたちのエンチャントで火力を引き上げていた。
12．７㎜という戦闘機の機銃並みの威力を誇るキャリバー．50。ゴーレムの馬鹿力、ドワーフ・スミスのエンチャント。
そのすべてが合わさった総合的な火力はＡランク上位をも上回る。それが一秒間に十発。それこ

そSランクの魔物でないと耐えきれない。

「おとーさんのダンジョン、あんなに単純なのに強いってすごいの」

「実はいろいろと工夫をしているんだけどね」

そして一直線の洞窟に見えて、少しだけ工夫をしている。

床が微妙に傾いているのだ。それも入口に近づくほど傾きが大きくなる。

感覚的には真っすぐ見えるが、一度でも傾きがあれば二キロ離れた入り口と出口で高低差が三〇メートル生まれる。

音速の三倍近い速さかつ、直進性が高いライフル弾でも二キロあれば重力に引かれ着弾までに二〇~三〇メートルほど落ちる。このたった数度の傾きがその落ち幅分を確保しているのだ。

ゴーレムのほうは撃ち下ろしなので楽に射撃できるが、逆に入り口側からの攻撃は、その高低差が仇《あだ》になる。落ち幅を考えて上方に撃てば三メートルの高さしかない天井に阻まれる。

物理法則に縛られ重力に引かれる攻撃は絶対にミスリルゴーレムに届かない。

それは、ゴーレムが装備している重機関銃を奪ったとしてもだ。

さらに、二体のゴーレムを配置することで射撃の空白を消しているし、適度に銃身を冷ます時間を確保している。付け加えてある程度の距離からは山ほど地雷をしかけており、ゴーレム付近には神経毒のガスが充満している。

「マスター。一フロア突破された」

ゴーレムと感覚を共有することができるエルダー・ドワーフがぼそっと呟く。

少し驚いた。二フロア目に到達することはないと予想していた。

「へえ、それで一フロア突破されたあとは？」

「次のフロアで即死。一フロア突破して油断した。間抜け」

「それは重畳《ちょうじょう》」

一フロア突破されたとしても、二フロア目はまったく同じ構成。

三フロア目はフロア自体は同じだが、もっとも難易度が高い。

最後のフロアなので、ありったけのゴーレムを配置し、特殊な武器を装備させ、ゴーレムならではの運用法をしていた。

エルダー・ドワーフに話を聞くと、ストラスたちはかなり強い魔物を盾にして強引に一フロア目を抜けたそうで、もう二度と同じ手を使うことはできないらしい。なら、残りのフロアを突破するのは、不可能だろう。

「マスター。ただ、気になるのが一番懸念していた【竜】の魔物がいなかったこと。たぶん、守りのために温存している」

マルコが教えてくれた。

ストラスの親は【竜】の魔王アスタロト。

最強候補の魔王の一柱。そして、その【竜】は俺の【創造】のように特殊なメダルであり、特別な【合成】ができるということだ。

マルコの話では、ひどく扱いにくいが単純戦力は最強。これ以上はフェアじゃないから教えない。

そのメダルをストラスに与えていないことは考えにくい。

温存したのか、それとも出せない理由があったのか、あるいは大型で、俺のダンジョンではそもそも狭すぎて入れないのか。

どっちみち、警戒はしないといけないだろう。

「じゃあ、俺たちも行こうか」

「やー♪」

「マスター。了解した」

「我が君、アンデッド部隊の力、お見せしましょう」

そして、俺たちもいよいよ、【風】の魔王のダンジョンの攻略に乗り出す。

【風】の魔王は俺のダンジョンを攻略するためにかなりの戦力を割いてくれた。

守りも手薄になっている。

制限時間は残り、一時間三〇分。

これだけあれば、十分に攻略できるだろう。

◇

「ふははは、どうですか我が君。スケルトン軍団の強さは!」

貴族のような優雅なローブを着た骨の魔物ワイトが高笑いを浮かべる。

彼は二〇体のスケルトンを指揮し、敵を殲滅していく。

……ワイトのスキルで即座にスケルトンの育成ができると聞いて、予備のアサルトライフルと同数のスケルトンを追加購入したのだ。

最初のフロアは渓谷だ。

一歩足を踏み外せば谷底に落ちる。

そんな中、ストラス配下の翼を持つ魔物たちが空を旋回している。

あいつらにとっては足場の悪さは関係ない。

厄介なのは、死角から急降下し攻撃を仕掛けてくるうえに、攻撃を仕掛けるとき以外は近づいてこないこと。並の魔物ならなすすべもなく倒れるだろう。

「我が君、私の軍団《レギオン》に死角などありませぬ。総勢二一名。四二の眼がすべてを見通してみせましょう」

だが、相手が悪かった。

ワイトは二〇体のスケルトンすべての視覚情報を共有し統合して共有する。

スケルトンたちが分担して全方位を警戒してるので死角なんて存在しない。

さらに、ワイトに統率されたスケルトンはすさまじい連携をみせる。

ワイトの指示の下、一瞬にしてアサルトライフルの弾幕が張られ、鳥の魔物たちは銃撃され墜落する。

逃げ場を多方向から潰しつつ殲滅するお手本のような制圧射撃。

「ワイト、なかなかやるな」

「お褒めにあずかり光栄です。我が君」

相変わらず優雅な動作でワイトは礼をする。

こいつはステータスは低いがなかなか優秀だ。こうしている間にもスケルトンたちにしっかりと周りを警戒させている。

「天狐様、お力をお借りしたいのですが、よろしいでしょうか？」

突然、ワイトが顔をあげ、天狐のほうを向く。

「やー！」

天狐はこくりと頷いた。

「天狐様、三秒後、南東六〇度。三……二……一……今です！」

「いくの！」

ワイトの合図に合わせて、天狐が引き金を引いた。

天狐の大口径に改造されたショットガンが火を噴き。散弾が無数に弾けて、超高速で飛来した巨大な緑色の鷲型の魔物を捉える。

Bランクの強敵。スケルトンたちの5．56㎜弾程度では耐えてしまい。なおかつ、弾丸を見てから避けられるような魔物だ。

ワイトは状況判断能力もすぐれ、スケルトンたちの射撃では捉えられない素早い敵や火力不足だと判断すると大火力の散弾を持つ天狐に対応を依頼する。

こういうところも信頼できる。

「さすが天狐様、あの難敵を一撃とは」

「天狐にお任せなの！」

ストレスなく魔物を倒し、天狐も上機嫌だ。

本当にワイトは優秀だ。Sランクで生み出してやりたかった。

天狐が褒めてほしいのか、これ見よがしに俺の右腕に近づいて来たので頭を撫でてやる。

やわらかく、滑らかな髪とキツネ耳の感触が心地よい。

「やー♪　おとーさんの手、大きい」

エルダー・ドワーフがうらやましそうに見ながら、きょろきょろと周りを見ていた。

彼女も褒めてほしくて、手柄を立てたいのだろう。素直に褒めてくれとおねだりできない彼女らしい。

さあ、このまま突き進んで行こう。

一フロア目の終わりが見えてきた。だが、このまますんなりいくとは思えない。

気を引き締めて行こう。

第二十四話　【創造】の魔王ロリケル

渓谷地帯を抜けると次は、迷宮地帯だった。

それもただの迷宮ではなく落とし穴が複数設置されている。

しかも天井がいやに高い。

よく考えられている、壁は天井まで届いていないが、わざとだろう。空飛ぶ魔物たちは、迷宮を無視して移動でき、地上でしか動けない俺たちは、迷宮の壁に阻まれ、なおかつ、いつ落とし穴にはまるかというストレスと戦わないといけない。

「マスター、三歩先落とし穴。先の角に敵が待ち伏せしてる。空からの敵と挟撃を狙っているみたい」

しかし、そんな迷宮もエルダー・ドワーフにとっては、退屈なアトラクションだ。

土に愛されているエルダー・ドワーフにとって、落とし穴を見つけることなど容易い。

それどころか、即座に地面を補強して踏んでも大丈夫なように改造さえしてみせる。

彼女は半径数キロにわたり地面が繋がっているところに、エコーを走らせ完全なマップを作ることすら可能だ。ありとあらゆる迷宮は彼女の前には無効化されるのだ。

実をいうと空の魔物も扱いやすい。

なにせ、こちらに降りてくるときに必然的に迷宮の壁に動きが制限される。

さきほどのフロアのほうがよほど戦いにくいぐらいだ。

エルダー・ドワーフの情報のおかげで、罠にはめようとした敵を余裕をもって迎え撃つことができた。

なんの苦労もせずに迷宮地区を抜けていく。

「ありがとうエルダー・ドワーフ。おまえのおかげで楽ができたよ」

「んっ」

エルダー・ドワーフが頷き俺の左手に寄りかかってくる。

どこかそわそわしていた。

銀髪ツルペタ美少女のエルダー・ドワーフにはそんな仕草が良く似合っている。

「どうしたんだ、エルダー・ドワーフ」

「……なんでもない」

そうは言いつつも、ものほしそうに上目遣いに俺の顔を見ていた。目が合うと、顔を逸《そ》らす。しかし、すぐにちらちらと俺の顔をうかがう。

ついには俺の袖を摑んだ。

ああ、きっと撫でてほしいんだ。

こうやって、彼女の様子を見るのも面白いがそろそろじらすのはやめよう。

「よくやってくれたね。えらいぞ。エルダー・ドワーフ」

エルダー・ドワーフの頭を撫でてやる。

天狐とは感触が違う、さらさらした銀色の髪の手触りを楽しむ。

「……やだ、父さん。やめて恥ずかしい」

とはいいつつも、エルダー・ドワーフの表情はにやけている。

たっぷりと撫でてやる。こうして喜んでくれると俺もうれしい。

そんな俺たちのところににやにやとした顔で天狐がやってきた。

「ああ、エルちゃん。いつもはマスターって呼んでるのに、今、おとーさんのこと、父さんって呼んだ！」

くすくすと天狐が笑う。

「なんのことかわからない」

エルダー・ドワーフは顔を伏せてぼそりとつぶやく。

淡々とした口調だが、耳が赤くなっている。

「なんで恥ずかしがるの？　呼びたいならエルちゃんも、マスターじゃなくて父さんって呼べばいいのに」

「言ってない」

「言ったの！　絶対父さんって言ったの」

「言ってないもん！」

顔を真っ赤にしてエルダー・ドワーフは天狐を追いかける。

テンパっているせいか、口調がおかしくなっていた。

「きゃー♪」

天狐は、楽しそうに悲鳴をあげながら逃げる。

天狐が捕まった。たぶん、わざとだ。敏捷性の差で天狐が本気で逃げたら、絶対にエルダー・ドワーフは追いつけない。

俺はじゃれて遊ぶ二人の娘を見て頬を緩めていた。

大変可愛らしい。

「こら、二人とも待て。喧嘩はだめだよ。こっちに来なさい」

天狐とエルダー・ドワーフがこちらに来て、しょんぼりした顔になる。

「おとーさん、ごめんなの」

「マスター、取り乱しました。……申し訳ございません」

「うん、わかったらいいよ。ほら」

二人を一度に抱きしめる。

いい匂いがする。柔らかくて気持ちいい。ほどよい温かさ。

「やー♪」

「んっ」

ずっとこうしていたいぐらいだ。

二人もそれぞれに抱きしめ返してくれる。

こうしている間も、優秀なワイトはスケルトン軍団に周囲を警戒させ、たまに襲ってくる敵を撃墜している。あいつは空気を読むスキルが非常に高い。

ワイトがいるから、敵地でこんなことができる。

それから、しばらくしてあっさりと二フロア目をクリアした。

だが、そのときの俺は気が付いてなかった。

この光景がリアルタイムで全魔王に公開されていることを。


～パレス・魔王　ダンスホールにて～

「【創造】の魔王が造ったダンジョン。なかなか面白かったわね」

蛇人型の貴人が、ワインを片手につぶやく。

「あれの攻略には骨が折れそうだ。あの鉄の筒が気になるね。どういう手品だか……最大の評価点は、それをいくつも用意できることだ。ダンジョンの鉄の筒と、奴の魔物が携帯してるもの、本質は一緒だろう。いやはや、末恐ろしい」

今度は、虎の獣人の紳士が肉にかぶりつきながら、笑みを浮かべた。

「俺は【風】のスキルが気になるな。予想以上だ。今回は通用しなかったが、反則級の強さだよ。それにあれだけ部下に慕われているとはね。いい魔王になる」

「だな、それにまだ結果はわからんよ。【風】は【竜】の子だ。必ずアレがある」

魔王たちの会話はどんどん盛り上がっていた。

パレス・魔王のダンスホールでは、【夜会】に参加している魔王たちが上等な酒を片手に【戦争】

を楽しんでいた。

空にホログラムが二つ浮かんでおり、一つはプロケルのダンジョンを映し、もう一つはストラスのダンジョンを映している。

つい、さきほどまでは魔王たちはプロケルのダンジョンを食い入るように見ていた。

しかし、ストラスが攻略をあきらめ、生き残った魔物をすべて撤退させ始めたことで、プロケルのダンジョン攻略に注目が集まっていた。

「なかなか見ごたえがあるダンジョン攻略だ。【創造】の魔物は低レベルだが、恐ろしく強い魔物たちだ。それに装備がいい。あの装備、取引で手に入れられないものか」

「それは難しいだろう。あれは【創造】の戦略の根本。そう簡単に渡したりはしないさ」

魔王たちは新たなライバルの戦力分析をすると同時に自分たちの利益にどう繋げるかを考えていた。

「にしても、【創造】の魔物はすごいな。あのレベルであの強さ。あれは変動レベルで生み出している。元の強さは最低でAランク。まだ底を見せてない。……それに可愛い」

「確かに、可愛い。どのメダルの組み合わせでできたか、教えてほしいものじゃ……そのな、別に孫のように可愛がりたいわけじゃなくて、ただ戦力としてじゃ」

魔王たちが天狐とエルダー・ドワーフが可愛いと盛り上がる。

確かに魔王たちですらそうそうお目にかかれない美少女たち。

しかも、プロケルに甘える仕草が、おそろしく可愛らしい。

そんなときだった。ホログラムで、プロケルが天狐とエルダー・ドワーフをまとめて抱きしめる。

日常ならともかく、戦場でその行動はどう考えても頭がおかしい。さすがの魔王たちも驚きを隠せない。

「あの男いったいなんなんだ」

「そういえば、さっきから配下がおとーさんとか、父さんとか呼んでたり、ちょくちょく頭を撫でたりしてたな。無理やり呼ばせているのか?」

「危ない魔王だ。こんなやばい奴、見たことがない。そういえば、【創造】の魔王、名前なんだっけ、たしか、ぷ、ぷ」

たまたま、その場の魔王たちはプロケルの名前を失念していた。

そこに、褐色白髪の狼の耳と尻尾を持った美女が現れる。

「ああ、あの子の名前はロリケルだよ。【創造】の魔王ロリケル」

その美女は、よほど影響力がある魔王らしく周りから、畏怖と尊敬が入り交じった目で見られていた。

何人もの魔王たちが彼女に頭を下げる。

「あっ、姉さん。お久しぶりです。そうだそうだ、ロリケルだ!　確かそんな名前だ。名は体を表すと言うがこれは……」

「まあ、覚えやすくていいじゃないか。【創造】の魔王、ロリケル。要注意だな。いろんな意味で」

「名前のとおりの人ね。覚えたわ。ロリケル……うちの子に手を出されないようにしないと」

そうして、おそろしい勢いで魔王たちの間で【創造】の魔王ロリケルの名前は広がっていた。

そうこうしているうちに、スクリーンの中の【創造】の魔王プロケル一行は最後の三フロア目に入る。

いよいよ、この【戦争】も佳境。

圧倒的にプロケルが優勢だが、まだ結果はわからない。

最後のフロアでプロケルを倒せば、一瞬にして勝敗がついてしまう……それに、【風】には切り札たる【竜】がまだ残っているのだから……。

第二十五話　狂気に染まった風の竜

天狐やエルダー・ドワーフ、ワイトが率いるスケルトン軍団の活躍で最後のフロアにたどり着く。

グリフォンも、途中どうしても跳び越えられないがけがあったので役にたった。

一度、魔物を【収納】して俺がグリフォンに乗って飛び越え、再び魔物を取り出すことで容易に進めたのだ。

天狐やエルダー・ドワーフは【収納】を嫌がったが、グリフォンは俺と少女二人を乗せるぐらいは、容易くやってくれる。

ある意味、ストラスは風のイミテートを渡して墓穴を掘った形だ。

「それにしても、すごいことになってるな」

「我が君、これが私《ワタクシ》の力、アンデッド生成です」

ワイトは、死体を材料にアンデッドを生成する。

生前のランクより一つ、ランクが下がるし、固定レベルでしか生み出せないがノーコストで魔物を増やせる大変経済的なスキルだ。

骨だけになった巨鳥の魔物や、腐りかけたグリフォンなどが俺たちの後ろに付き従っている。その数十体。

ワイトの話では一日一〇回の使用制限があるらしい。

「いい、壁になりそうだ」

さすがに銃器は使えないが、Cランクから Dランク相当の魔物。

純粋に戦力的に優れている。

「おとーさん。いっぱいレベルが上がったの」

「私もです。マスター」

ここまで、数十体の魔物を倒してきて天狐も、エルダー・ドワーフもレベルがあがっている。

天狐は43、エルダー・ドワーフは40。

もともとのSランクである彼女たちはこのレベルになると、固定レベルで生み出したAランクの魔物に匹敵する力を持つ。

武器と、特殊能力を考えると上回った。

【紅蓮窟】は魔物を狩りすぎて、狩りの効率が落ちていたので、助かった。

ちなみに俺のダンジョンのほうにはゴーレムを強化できるスキルをもっているドワーフ・スミスたちを残している。

彼女たちは変動で生み出しており、しかもゴーレムの支配権をエルダー・ドワーフから移しているため、ゴーレムが倒した魔物の経験値はすべて彼女たちに入る。

戻れば、恐ろしいまでにレベルが上がっているだろう。

◇

最後の階層は溶岩地帯。

出てくる魔物も今までどおりC、Dランクがメイン。

だが、Bランクの割合が多い。

最後のフロアだけあって、守りを固めているのだろう。

だが……。

「遅いの！」

天狐が空から急降下してきた、巨大な鷹の魔物の突進をジャンプで躱《かわ》し、空中で宙返りして鷹の魔物の上をとる。そのまま下方に銃口を向けショットガンの射撃。

鷹の魔物は即死。

着地した瞬間、死角から別の魔物が飛び出してきた。緑の体毛を持つ、エイプだ。非常に素早い
天狐はまだ動けない。あの太い腕から繰り出される攻撃を受ければただではすまない。

……しかし。

射撃音が三つ。

バースト射撃だ。H&K HK417。スケルトンよりも大口径なそれで、指で切りながらの三点射。それらはすべてのエイプ側頭部を打ち抜いた。

「天狐、油断しすぎ」

「油断じゃないの。ちゃんと気付いてた。でも、エルちゃんを信じてたから敵を倒すことを優先し

たの」

「なら、納得」

天狐とエルダー・ドワーフがハイタッチ。

まったく危なげがない。

今回の戦争でレベル上げだけではなく、足りなかった戦闘経験を得て、飛躍的に強くなっている。

途中からワイトは、俺の考えを読んで、天狐とエルダー・ドワーフの連携の経験を積ませるため、なるべく、戦闘に手出しはしないようにしてくれていた。ありがたい。

「エルダー・ドワーフ、こっちで道はあってるのか」

「間違いない」

地属性のエキスパートのエルダー・ドワーフは、地面に働きかけ一瞬にして地図をマッピングできる。

だからこそ、最短距離でダンジョンを攻略し、敵が隠れている位置はだいたいわかる。

ただ、あくまで地面に繋がっているものしかわからないので、空の敵には無防備だ。

「天狐、残弾は大丈夫か?」

「だいじょーぶなの！　まだ、弾倉が三つ残ってる！」

天狐の弾は、四ゲージの大口径かつ、ミスリルパウダーを使った特注品だ。

戦闘中に俺が【創造】で作り出す芸当ができないため残弾には気を使う。

さすがのエルダー・ドワーフも、あれを即興で作るのは難しいので数に限りがあった。

「マスター、私もまだ弾丸は十分です」

「わかった。なら、このまま行こう」

このまま、あっさりと攻略できるとは思っていない。

絶対に何かある。

俺が【創造】という力を持っているように、相手の【魔王】にも特別な力があるのは間違いないだろう。

◇

三フロア目も終わりに近づいた。

開けた場所に出る。もう少し進めば水晶の部屋にたどり着く。

そこには、すみれ色の髪の勝ち気な少女がいた。隣には天使型の魔物が付き従っている。

【風】の魔王ストラスとその側近だ。

Aランクの魔物。彼女の切り札。

「よく、ここまでたどり着いたわね」

「俺の魔物は優秀だからな」

俺がそう言うとストラスは苦笑する。

「そうね、とんでもなく優秀ね。あなたの魔物も。それを操るあなた自身も」

少し驚く。こいつがこんなことを言うなんて。

よく見ると表情が硬いし、若干足が震えている。まるでおびえているようだ。

「随分と素直になったもんだな」

「さすがにね、私はあなたのダンジョンの一つ目のフロアの突破がやっと。逆にあなたにはあっさりとここまで来られてしまった。認めざるをえないわよ。あなたは強い。私よりも」

どこか疲れた笑みをストラスは浮かべた。

「なら、降参するか？【誓約の魔物】を一体しか連れていないところをみると、残りは俺のダンジョンに挑んで倒れたんだろう？並大抵の魔物じゃ俺の魔物たちは止まらない」

そのことはストラスも理解しているはずだ。

魔物を通して俺たちの戦いぶりを見ている。

「そうね、今までの戦いを見ていて知ってるわ。並大抵の魔物じゃ勝負にすらならないわね」

ストラスは、薄く笑う。

目が死んでない。強がりではなく、何かがある。

「あなたに敬意を表して、私も【切り札】を使うわ……いえ、違うわね。もう、上から目線は止めるわ。正攻法で勝つことはできないことも認める。だから、自ら敵地に乗り込んできたあなたの傲慢と、甘さ。そこにつけ込んで勝ちをさらわせてもらう！」

肌がぴりぴりとする。

異次元から何かが現れる。

魔王の能力、魔物を異次元に収容する【収納】。

それを使って、温存していた魔物を彼女は取り出そうとしていた。

「ねえ、知ってる？　いくつかのメダルは【合成】する際に特殊な力を発揮する」

「もちろん」

俺の【創造】はその最たるものだ。

「私の親にして、最強の魔王、【竜】の魔王アスタロト様の【竜】もその一つ。魔物を【狂化】して生み出すことができる。知性と理性の両方を失い、生み出した魔王の言うことすらろくに聞かない。……その代わり、すべての能力が爆発的にランクアップする。仮に、極上のAランクの魔物を【狂化】なんてしたら、いったいどれほどの強さになると思う？」

そしてそれは現れた。

翡翠《ひすい》色の鱗《うろこ》にびっしりと覆われた巨大なドラゴン。体長は一〇メートル近い。

二本脚でしっかりと立ち、背中には巨大な翼をもつ西洋のドラゴンだ。

鋭い爪と牙。暴風を身にまとう。

そして、理性のかけらもない、血走った凶暴な瞳。

咆哮《ほうこう》。

天狐が尻尾の毛を逆立て、エルダー・ドワーフが身を硬くする。

この二人が本能で恐れる魔物。間違いなく、とんでもない強敵。

「【風】の暴竜、エメラルド・ドラゴン。Aランクのその先に至る化け物。さあ、この子が正真正銘最後の切り札。勝負よ、【創造】の魔王プロケル！」

そして、この【戦争】、最後にして最大の戦いが始まった。

第二十六話　歩兵が持てる最大火力

最後の戦いの幕が切って落とされた。

ストラス配下の天使型の魔物が詠唱を始める。おそらく狙っているのは付与魔法による強化。

呪文が完成すれば、ただでさえ厄介なエメラルド・ドラゴンが強化され、手も足も出なくなるだろう。

しかし……。

「ん。そんなもの許さない」

エルダー・ドワーフが、アサルトライフルＨ＆Ｋ ＨＫ４１７をフルオートで放つ。弾倉に装塡された二〇発の弾丸が一秒もかからずすべて吐き出され、音速の二倍で襲いかかる。

ＨＫ４１７は7．62㎜という大口径の弾丸を使用する。

それは、ただでさえひどいフルオート射撃時のぶれをより悪化させてしまう。普通ならただの弾の無駄遣い。

だが、エルダー・ドワーフは違う。ぶれる銃身を鉱石魔術で無理やり硬度と粘りを上げ押さえつけ、集弾率を上げるのだ。

呪文の詠唱中という、無防備な状態で一弾倉すべての弾丸の掃射。いかにＡランクの魔物といえど、こんなものを喰らえば一たまりもない。

「ごめん、なさい、ストラス、様」

天使型の魔物はけっして弱くない。

ただ、相性が悪かった。魔法をメインとするものたちにとって銃は天敵だ。

その言葉を残して、天使は光になって消えた。

ストラスが奥歯を噛みしめる。

だが、そんな暇はない。俺のエースが向かっている。

天狐だ。戦いの開始と同時に、キツネ特有のしなやかさでの無音の高速移動。

遠回りになるが、エメラルド・ドラゴンを避けつつ背後からの死角をついての強襲。まだ、ストラスは天狐の存在に気が付いていない。

そう、俺は三つの指示を出していた。

エルダー・ドワーフには、天使型の魔物の付与魔法の妨害。

天狐には、ストラス相手への不意打ち。

ワイトには、エメラルド・ドラゴンの気をひくこと。

エメラルド・ドラゴンなんて化け物とまともにやり合うことはない。エルダー・ドワーフに狙撃させなかったのは、火力不足で一撃で仕留められる確信がないから。中途半端な傷を負わせて転移で逃げられるわけにはいかない。

「さあ、スケルトン軍団の皆さま、戦闘の時間ですよ。我が君のために働きましょう」

「私も援護する」

ワイトの指示するスケルトン軍団と、弾倉交換を終えたエルダー・ドワーフの射撃が集中する。

俺は驚愕の声を上げる。

スケルトンたちの5.56㎜弾だけではなく、エルダー・ドワーフの放つ7.62㎜弾すらその鱗《うろこ》に阻まれた。

だが、ダメージはなくてもイラっとしたようで、スケルトン軍団に近づき、エメラルド・ドラゴンがその場で回転する。

遠心力をつけた尻尾で周囲の敵を薙《な》ぎ払うつもりだろう。

ワイトとエルダー・ドワーフは素早く後ろに飛んだが、敏捷性が低いスケルトンたちの半数は回避が間に合わない。ばらばらに砕け散った。

ワイトは、悲し気な仕草をして、彼らの死を悼む。

だが、その死は無駄ではない。

エメラルド・ドラゴンはワイトたちのほうに完全に気を取られている。その間に天狐はストラスに死角から十分すぎるほどに近づいた。

「これで終わり……なの！」

天狐がの白銀のショットガン、レミントン（改）ED—O1S。

セミオート機構を搭載し、弾丸のサイズを12ゲージから4ゲージに大幅に大口径化し、ミスリルパウダーで魔力の力をも爆発に加え、四倍の威力を達成した脅威の魔銃が火を噴いた。

ストラスはまったく反応できずにスラッグ弾の直撃を許す。いかに魔王と言えど耐えられるはずはない。

ストラスの体が四散する。

これで、この【戦争】は終わりだ。

いや、違う。

『残念、そこにいる私は【風】で作った偽物よ』

どこからか声が響く。

俺は歯噛みする。

冷静に考えれば、当然か。自らが制御できない化け物を至近距離で生み出すんだ。保険がないわけがない。

おそらく、【収納】からエメラルド・ドラゴンを呼び出すと同時に偽物を生み出し、本体は【転送】した。

「我が君、もう、もちません」

エメラルド・ドラゴンを引き付けていたワイトが悲鳴のような声をあげる。

さきほどからスケルトン軍団が懸命に射撃を続けるが、まったくエメラルド・ドラゴンに通用していない。

エメラルド・ドラゴンが咆哮をあげ、頭から突っ込む。

スケルトンの一体目を頭突きで粉砕、その場で首を曲げ、二体目を噛み砕く。

また、二体のスケルトンが犠牲になる。

「天狐、任せた」

「わかったの、おとーさん」

頭から突っ込んでくれたおかげで、数瞬エメラルド・ドラゴンの動きがとまった。

その一瞬で天狐が全力で距離を詰める。

エメラルド・ドラゴンが天狐のほうに振り向く。

おそらく、本能的に天狐が脅威になることに気付いたのだろう。

風が渦巻いた。エメラルド・ドラゴンを中心に巨大な風がうねり絡みつく。それはさながら、風の鎧《よろい》。

天狐は、ほとんどゼロ距離まで詰める。

硬い鱗と風を貫くにはそれが必要だから。

「喰らうの！」

そして射撃。

落雷のような轟音がして、白銀のショットガンが火を噴く。

当然、威力を重視したスラッグ弾。

天狐自身の攻撃力も加算されたそれは、ミスリルゴーレムの放つ重機関銃をも上回る。

だが……

「なっ、嘘なの⁉」

風で大きく威力が減衰され、さらに逸らされ、硬い鱗にはじかれる。

数枚の鱗が弾け飛ぶだけで、エメラルド・ドラゴンはほぼ無傷。

天狐が両手をクロスする。そこにエメラルド・ドラゴンの爪が振り落とされた。

「きゃああ」

天狐の両腕から血が噴き出る。それだけじゃない。地面に叩きつけられ、大きくまり玉みたいに何度も跳ねる。

「天狐！」

彼女の名前を呼ぶ。

彼女は二〇メートルほど、転がりやっと止まった。

「ちょっと失敗したの」

両腕と口から血を流しながら天狐が言う。立ち上がろうとして失敗した。

そんな天狐をエメラルド・ドラゴンが睨みつけていた。

首を前に押し出し、口を開く。

口の中には恐ろしい勢いで風の魔力が集まっている。

間違いない、これは風のブレス。

まずい。天狐は、ダメージが深すぎて身動きが取れない。

「天狐様はやらせませんぞ。いけ、我がしもべたち！」

ワイトが支配する骨だけになった鳥たちが一斉にエメラルド・ドラゴンの口の中に飛び込む、そのせいで臨界まで高まった風の魔力が暴走し爆発する。

エメラルド・ドラゴンが大きくのけぞった。

「よくやった、ワイト」

「一回きりの不意打ちです。ですが、ここからが正念場です」

エメラルド・ドラゴンがこちらに向かってくる。

今の一撃によほど怒っているのだろう。

エルダー・ドワーフが銃を構える。

銃を見ると、フルオートではなくシングルモード。

「風の守りが消えた今なら……狙い撃つ」

そう短く言うと一発、一発丁寧に射撃をした。

大火力のブレスの展開を行ったおかげで、風の鎧はない。

鱗はともかく急所なら貫けるだろう。

その弾丸は正確に、エメラルド・ドラゴンの右目を直撃する。

右目から血を流し、それでも止まらない。

「弾丸が、あんな浅いところで止まった!? 化け物」

「GYUAAAAAAAAAA!」

エルダー・ドワーフが地面に手をつけると、石の壁ができる。

構わずにエメラルド・ドラゴンは右腕を叩きつける。まるで紙細工のように石の壁が崩れた。

しかし、壁の向こうにエルダー・ドワーフとワイトはいなかった。

俺の足元が盛り上がる。

「マスター、今のは危なかった」

「助かりました。エルダー・ドワーフ様」

そう、エルダー・ドワーフは石の壁でブラインドを作りワイトを抱えて地中に潜ったのだ。

「マスター、今の装備じゃ歯が立たない。火力がほしい」

「わかった」

俺は、【創造】を起動する。

呼び出すのは単発火力がもっとも要求される武器。

「以前、研究用に渡したから使い方はわかるな」

おれが　作り出したのは対戦車ロケット弾のベストセラー。

エルダー・ドワーフが生み出したばかりの俺の武器を受け取る。

「わかる。任せて」

USSR RPG―7
全長950㎜。重量6．3㎏。口径85㎜。装弾数1。初速115m／s
おおよそ、歩兵がもてる武器で最強の攻撃力を持つ装備。

見た目はただの鉄の棒で、先端が流線形になっているだけのシンプルなもの。

成形炸薬《さくやく》弾（HEAT）をロケットブースターで飛ばすという仕組みで、当時は画期的だった。

成形炸薬弾は装甲車の装甲すら貫くことができる。

使い捨て故に、三本まとめて【創造】。

エメラルド・ドラゴンがこちらを向く。

すでに風の鎧は再び纏《まと》われていた。

エルダー・ドワーフが肩に乗せた、USSR RPG—7を放つ。

油断しているのか、エメラルド・ドラゴンは避けようとすらしない。

ロケットモーターで加速されたヒート弾頭が空中で加速する。

完全に直撃コース。奴の腹の中心に吸い込まれそうだ。

だが、俺は奥歯を嚙みしめた。

ヒート弾頭は奴に命中し、信管が作動し指向性の爆発が起きる。

戦車の装甲すら貫く圧倒的なエネルギーが奴を襲う。

モンロー／ノイマン効果。成形炸薬弾（HEAT）は爆発のエネルギーを一点に集中させ、超高熱・高速の金属噴流によって対象に深い穿孔《せんこう》を刻むのだ。

「GYUAAAAAAAAAAAA」

エメラルド・ドラゴンが悲鳴をあげる。

右腕の三分の一ほどが抉《えぐ》れていた。

だが、逆に言えば、その程度の被害に過ぎない。

「どうして？　あの威力なら貫けるはず!?」

エルダー・ドワーフが驚いた声をあげる。

「二つ、理由がある。一つ目、風で弾頭が逸れた。だから狙った体の中心じゃなくて、右腕に向かった。二つ目、奴の風の密度が高すぎる。奴の体に当たるまえに、信管が作動して爆発エネルギーが散らされた……」

そう、俺が歯噛みしたのはそれがわかっていたからだ。

これでは何度撃っても、致命傷は与えられない。

エルダー・ドワーフが速《すみ》やかに二本目のＲＰＧ―７を撃つ。

しかし、こんどは当たりすらしない。奴はあの巨体で避けてみせた。

ロケット弾の第二の弱点、その構造故の弾速の遅さ。

初速は音速の三分の一程度。アサルトライフルの六分の一以下だ。ある程度の実力差なら見て避けられる。

奴はロケット弾の威力を知った。もう二度と当たってはくれないだろう。

「ＧＹＵＡＡＡＡＡＡＡＡＡＡＡＡＡＡ」

エメラルド・ドラゴンの咆哮。

ただでさえ、強い風がさらに吹き荒れ密度を増す。

ああなれば、もう当てることすらできない。

エメラルド・ドラゴンの風はどんどん強くなり、奴を中心に効果範囲が広がっている。

おそらく、あいつはあの場に仁王立ちして、風の力をどんどん増し、俺たちを殲滅させるつもりだろう。

事実、あの風は刃のようになっていた。周囲の岩がすぱすぱバターのように切れている。

「マスター、どうする？」

「・・・切り札を使うか」

これは、もう決断せざるを得ない。

俺は今回の【戦争】で見せていい範囲というのを決めていた。

ミスリルゴーレムと、重機関銃。

天狐や、エルダー・ドワーフのショットガン、アサルトライフル、それにＲＰＧ７。

ここまではいい。この程度ならいくら見られても構わない。

だが、この先を見せるのはまずい。

「もう迷っている時間はなさそうだ」

どんどん、風の刃を伴った台風が広がり、逃げ場を奪っていた。

そんなことを考えていると、天狐がやってきた。

まだダメージが抜けきってなく、足取りが重い。

「天狐に任せるの……エルちゃん。エルちゃんが作ってくれた銃、だめにするけど許して」

「天狐、あれを使う気？」

「うん、エルちゃんの、ショットガン、ＥＤ―０１Ｓの真の力があれば、貫ける」

天狐がにやりと笑う。

しかし、少しだけその笑いがぎこちない。

……おそらく、かなり分の悪い賭けになるだろう。

「天狐、やれるのか」

「任せてなの。天狐は、おとーさんの一番の魔物。それに大好きなエルちゃんの武器がついてる。負けるわけがないの」

天狐の言葉には揺るぎない信頼と自信があった。

俺は息を呑む。

そして、決断をした。

「わかった、天狐に任せる」

「うん、おとーさん。行ってくる」

天狐はポーチからいつもとは違う弾倉を取り付ける。一回り大きい。そしてショットガンにあるレバーをSからFに切り替えた。

そして決死の覚悟で突撃を開始した。

第二十七話　君の名は……

俺の切り札の使用を遮った天狐は、笑みを浮かべて口を開いた。

「じゃあ、行ってくるの。おとーさん、帰ってきたらいっぱい褒めてね。エルちゃん、修理をあとで頼むの！」

天狐がショットガンを腰だめに構え、さらに周囲に炎を巻き起こした。

炎の結界だ。風の刃に対抗するために展開したのだろう。

天狐が全力で竜巻の中心にいるエメラルド・ドラゴンに向かって駆けだす。キツネ尻尾がたなびく。

彼女の通り過ぎたあとには血の痕があった。まだ血が止まってない。

「少しでも支援する」

エルダー・ドワーフが地面に手を当てる。

すると、天狐の走る両側に土の分厚い壁ができる。

それは風を阻む。

だが、壁は一秒ごとに削られていく。削られた壁は竜巻に巻き込まれ凶器となって天狐を襲う。

しかし、それは天狐の結界に触れた瞬間、すぐに燃え尽きた。

なにかしらの手品で燃えやすい壁にしたのだろう。

エルダー・ドワーフは気が利く奴だ。

「エルダー・ドワーフ、天狐は何をするつもりだ」

「私の改造ショットガン。ＥＤ―０１Ｓはフルオート射撃にも対応してる。それを使うつもり。レバーをＳ（セミオート）からＦ（フルオート）に切り替えたから間違いない」

「フルオートができたのか。それは初耳だな」

「まだ、試作段階だからマスターには言ってなかった。できるだけで、撃つと壊れる。こんな未完成なもの恥ずかしかった」

あの大火力のフルオート射撃なら、奴の堅い防御を貫けるかもしれない。

「大丈夫なのか？　暴発はないんだな？」

「一弾倉だけ、たった一回のフルオートなら発射が終わる瞬間まで耐えられる。天狐が取り付けた弾倉は、ＥＤ―０１Ｓの強度から逆算して、どうせ壊れるなら、フルオート射撃一回を耐えきれる限界まで火薬量を増やす調整をした最初で最後の切り札」

「教えてくれてありがとう。しかし、あの風をかき分けて。至近距離からフルオートで撃つのは並大抵のことじゃない」

エメラルド・ドラゴンの厄介なところは、身に纏《まと》う竜巻による弾の威力の減衰に加え弾丸の方向を変えられて鱗《うろこ》で滑ってしまうことだ。

だが、それは大火力のフルオートなら解決できる。

一発目の弾丸が風を押しのけて作った道を二発目、三発目が直進する。

並の連射なら、一発目の作った風の道を通る前に新たな風に行く手を阻まれる。

だが、フルオートでの連射速度ならそれが可能だ。

それを実行するには至近距離まで近づく必要がある。

「私にはできない。できるとしたら天狐だけ」

「確かにそうだ」

「何もできない自分が歯がゆい」

エルダー・ドワーフが拳を握りしめる。

天狐は真っすぐに進む。

地を這《は》うように低く。

吹き飛ばされそうな小さな体で、必死に耐え、炎の結界でも相殺しきれない風の刃に身を削られながら、それでも前へ。

頑張れ、心の中で応援する。

あと少し、あと少しで到着する。

その時だった。

エメラルド・ドラゴンが尻尾を地面に叩きつけた。

翡翠色の尻尾から鋭い鱗が無数に飛び散る。

その鱗が周囲に渦巻く風に乗る。

「きゃああああああ」

天狐が悲鳴をあげる。

鱗は風の刃なんて目じゃない超高速の鋭利な刃物になって、竜巻の中で回転する。

天狐の炎の結界を容易く貫き、襲い掛かった。

もう踏ん張ることもできず、天狐が吹き飛ばされ、身を削ってまで詰めた距離がまた開いた。

「天狐！」

俺は叫ぶ。

すると天狐が血まみれになって立ち上がった。

「大丈夫、まだ、やれる。私は勝つの。おとーさんの一番の魔物だから、他の魔王の魔物になんて負けない」

どう見てもボロボロだ。

それなのに、天狐は突っ込む気だ。

「やめろ天狐、もういい」

「やだ！　天狐はおとーさんの期待を裏切らない」

天狐は傷ついた体でまた、突っ込もうとしていた。

魔王の【命令】なら止められる。

しかし、それは天狐の覚悟を踏みにじることになる。

そんな躊躇をしていると、エルダー・ドワーフが叫んだ。

「マスター。天狐に名前をあげて。名前さえあれば、私たちは強くなる。このままじゃ、天狐が死んじゃう」

「エルちゃん、やめて！」

「どうして⁉」

「いいの。まだ、名前は」

天狐が振り向かずに言った。真っすぐにエメラルド・ドラゴンを睨みつけていた。

「天狐は、ずっと名前ほしがってたはず」

「名前はほしいの。ずっとほしかったの。でも、今はただもらうだけじゃいや。ちゃんとした形でほしい。おとーさんが、心の底から天狐のことが好きになって、その好きがいっぱい詰まった名前がほしいの……仕方なくとか絶対いや」

それは天狐の本心からの叫びだったのだろう。

彼女と初めて会った日を思い出す。

そのとき、天狐は俺を騙《だま》して名前を得て強くなろうとした。

その彼女が、こんなことを言ってくれている。

俺たちとの暮らしの中で成長したのだろう。

そのことが限りなくうれしかった。

ただでさえ好きだった天狐が、もっと好きになった。

あふれる気持ちが抑えきれない。

そんな天狐が死地に向かう。

だから俺は……。

「負けるな、クイナ」

彼女の名前を呼んでエールを送った。

名前を呼んだ瞬間、ガツンっと心に何かが響き、繋がった。

天狐、いやクイナの力が流れ込み、俺の力がクイナに流れ込む。

気持ちいい。それに温かい。

「おとーさん」

天狐が驚いた顔で振り向いた。

「クイナ、それがお前の名前だ。おまえが俺の最初の【誓約の魔物】だ」

「名前、こんなところで、ほしくなんてなかったのに」

天狐がこんなときなのに頬を膨らませて拗《す》ねる。

「適当な気持ちなんかじゃない。ずっと前から天狐に名前をあげようって考えていた。考えに考え抜いた名前だ。俺の一番大好きな女の子に喜んでもらうために、全身全霊をこめて決めた名前だよ」

「……そんな、嘘」

「嘘じゃない。俺はクイナの強さを知っている。クイナの優しさを知っている。クイナがどんなに俺を好きかも知っている。だから、一生、共に歩くと決めていたんだ。追い詰められたからじゃない。クイナが、クイナだから選んだ。俺はクイナを愛しているんだ！　クイナ。その名前を受けとってくれ。そして、俺の【誓約の魔物】が世界一だって証明してくれ」

天狐……いや、クイナは涙を流し、そのまま笑顔を浮かべて頷いた。

「わかった。おとーさん。クイナ行ってくる。おとーさんが力をくれたの。こんなに気持ちが温かい。ううん、燃えてる。もうなんだってできるの！」

再度の突進。

しかし、それは痛みをこらえたものじゃなく、希望に満ちた勇敢な行進だった。

◇

【誓約の魔物】。

それは魔王たちの切り札。

魔王は名前を付けることで、魔物に力を与えることができる。

特に最初の三体は【誓約の魔物】と呼ばれ、つながりがひと際深くなる。

クイナの情報が流れてくる。圧倒的なステータスの高さで気づかなかったが、本来天狐は、超大器晩成型の魔物だ。ステータスも特殊能力もまだまだ片鱗《へんりん》しか見せてない。

固定レベルで生み出していれば、こんな苦労をさせなかっただろう。

だが、同時に変動で引き上げた上限まで育てたとき、どこまで強くなるか楽しみになった。

情報だけじゃない。心も伝わり合う。

クイナの考えていることがわかる。

俺の考えがクイナに伝わる。

新たに芽生えた力。それを形にすると俺たちは決めた。

「【変化】‼」

クイナが、叫ぶ。

それは本来なら、見た目を変えるだけの力。

ただのごまかしに過ぎない。

だけど、俺の【創造】の力と混じり合いより高みへと駆け上がる。

「おとーさん。幼いクイナじゃ、あの嵐は超えられないの。だから、嵐を超えられる強いクイナになる」

クイナの体が光に包まれる。

怪我がすべて消える。それだけじゃない。クイナが成長した。

一二歳程度の幼い少女から、十代後半の少女へ。

身長が伸び、体つきが女性らしく。艶《つや》やかな髪は長く、顔つきはより美しく、尻尾はよりもふもふに。

「この、クイナなら。やれるの！」

見た目だけじゃない。

一歩踏み出すたびに地面が爆発する圧倒的な脚力だ。

すべてを置きざりにする速さ。

炎の結界は飛来する鱗をも焼き尽くす。

「GYUAAAAAAAAA！」

エメラルド・ドラゴンが急激に強くなったクイナに恐怖を抱いた。

風が密度を増した。

その嵐をクイナはかき分ける。朱金《しゅきん》の炎が燃え上がる。彼女は、見惚《みと》れるほどに美しかった。

そしてついに射程内まで距離を詰める。

「エルちゃん。ありがと。それとごめん」

ショットガンを真っすぐに構える。

「喰らうの！」

発砲。トリガーを引きっぱなしにした超大口径ショットガンのフルオート射撃。弾倉に装填された四発の四ゲージスラッグ弾が一瞬にして吐き出される。

能力が増したクイナですら、そのあまりの反動で後ずさる。

音が四つ重なって聞こえるほどの連射速度。

一発目が風をかき分け、二発目が鱗を破壊し、三発目が肉をえぐり、四発目が貫く。

役目を終えたショットガンED―01Sがあまりの負荷に耐えきれずに折れる。

「GUGYAAAAA、GAA」

エメラルド・ドラゴンは致命傷。風の力が止んだ。

いや、最後の力を一点に集めて、起死回生のブレスを放とうとしている。

天狐は、キッと、睨みつけ、真っすぐに走る。

ショットガンの弾丸が貫いたところに手を突っ込み、全力で炎を吐き出した。

「撃たせない。これで、終わりなの！！【朱金乱舞】！」

「GA、GA、GA」

さすがのエメラルド・ドラゴンも内側から焼かれたらどうしようもない。

断末魔の声をあげて倒れ伏し、青い粒子になって消えた。

クイナの姿が、もとの一二歳前後のものに戻る。

そしてよろよろとこちらに歩いて来て、前のめりに倒れる。

慌てて、俺は彼女を支える。

「大丈夫か、クイナ」

「だいじょーぶなの。でも、すっごく疲れた。この【変化】すごく、消耗する。もう、目を開けてられない」

「よく頑張ってくれた。クイナ。あとは俺たちがやるから、もう眠れ」

「うん、わかった。あのね、おとーさん、お願いがあるの。眠る前に撫でて」

「もちろんだよ」

クイナの頭を優しく撫でる。

クイナは幸せそうににまーっと笑う。

「天狐……ううん。クイナはおとーさんのこと大好き」

そうして首の後ろに手を回してくると、腕の中で眠りについた。

クイナは十分に役目をはたしてくれた。あとは俺たちの仕事だ。

ここは三フロア目の最奥。

あとは水晶を砕くだけ。

そんなことを考えていると……

『【戦争】終了だ。【風】の魔王ストラスの降参により、【創造】の魔王、プロケルの勝利が確定した。【風】も【創造】もよく己の力を示してくれた。本当にいい戦いだった。此度《こたび》の星の輝きは、ひと際強いようだ。なかなかに楽しい戦いであった。楽しませてくれた礼、存分にさせてもらおう』

空にスクリーンが表示される。

スクリーンから拍手の音が鳴り響いた。

他の魔王たちが俺の勝利を祝ってくれている。

俺はそれに手を振る。

周囲に青い粒子が立ち上り始めた。【刻】の魔王の力で失われた魔物たちが蘇《よみがえ》っているのだ。

砕かれたスケルトンたちが戻ってくる。

良かった。

俺は仲間の帰還を喜びつつ、頑張ってくれたみんなをどうねぎらおうか考えていた。

クイナという名を与えられた天狐の活躍で、なんとかエメラルド・ドラゴンを打ち倒し勝利を掴んだ。

エメラルド・ドラゴンの強さは完全に想定外だった。

おそらく、Aランク以上の魔物の【狂化】はSランクにすら匹敵しただろう。

それを超えて見せた仲間たちが誇らしい。

【戦争】の終了と共に、一度俺とストラスのダンジョンが向かい合っている白い部屋に案内に転送された。

クイナ、エルダー・ドワーフ、ワイト以外の魔物とゴーレム、銃火器をマルコシアスのダンジョンに転送するように、サキュバスたちに依頼した。

一通りのあと始末が終わったあと、俺たちはダンスホールの隣のフロアに案内された。

そこには既に、先にあと始末を終えていたストラスと彼女の【誓約の魔物】たちがいた。

ストラスは二人の魔王と話をしていた。

一人は、初老の老人。もう一人は褐色の美女……というかマルコだ。

話が終わったのか、初老の老人とマルコが去っていく。

二人とも俺に手を振って、おめでとうと言ってくれた。

エピローグ 魔王様の街づくり！ THE DEVIL IS MAKING CITY

そんな彼女たちを見ていると、意識が温かい感触に引き戻される。

さきほどからすっかり傷が癒《い》えて、【刻】の魔王の力で回復した天狐が左手にべったりくっついている。

「えへへ、おとーさん！　クイナはクイナなの！」

「ああ、そうだ。お前はクイナだ」

ようやく、彼女に名前を渡すことができた。

こんなに喜んでくれるならもっと早く名前をあげれば良かった。

「クイナ……可愛い名前。羨《うらや》ましい」

エルダー・ドワーフが物ほしげにクイナを見つめていた。

クイナはもふもふのキツネ尻尾をぶるんぶるんと振っている。

「エルダー・ドワーフもいずれね」

「頑張る！　マスターに認めてもらえるぐらい。クイナに負けないぐらい活躍する」

エルダー・ドワーフの目がやる気に満ちていた。

彼女のことも認めているが、いい名前が浮かんでないので名前を与えていないだけだ。だが、それを今言ってやる気に水を差すこともないだろう。

ワイトはそんな俺たちを微笑ましく見ていた。

こいつは大人だ。俺よりも精神年齢が高いかもしれない。

今後も重用しよう。

そんな、俺たちのところにストラスがやってきた。

そして、いきなり頭を下げる。

「ごめんなさい。あなたのことを見くびっていたことを心の底から謝罪させてもらうわ」

俺は面喰らう。

正直、こんなに素直に謝られるとは思っていなかった。

「いや、いいよ。そもそも俺も油断させるためにわざとスケルトンを引き連れていたからね」

「それでも、ごめんなさい。それと、これが私のメダル、大事に使ってほしいわ」

もう一度頭を下げたあと、ストラスはメダルを渡してきた。

『【風】のメダル。Aランク。生まれてくる魔物に風を操る力を付与。敏捷に補正大。その他の能力に補正小』

なかなかいいメダルだ。風を操るだけでも強いのに、敏捷値の補正が大きいだけでなく、耐久以外の全能力が向上する。

「ありがたく頂くよ。これで俺の【誓約の魔物】が揃う」

実をいうと、もう【風】で作る魔物は決めてあった。

「それと……できればだけど、友達になってくれないかしら？　同期の中で、唯一私が認められるのがあなたなの。だから、これから協力し合っていきたいわ」

少し照れて顔を赤くしながらストラスが言ってくる。

友達か。

ストラスは必ず有力な魔王になるだろう。それに性格も悪くない。

「こちらからも頼むよ。お互い、いい魔王になれるように頑張ろう」

「ええ、よろしく頼むわ」

ストラスと握手をする。

初めての魔王友達ができてうれしい。

「それと、これは【竜】の魔王アスタロト様から」

そういって、ストラスは俺に何かを握らせる。

これは……。

「【竜】のメダルか」

『【竜】のメダル。Aランク。生まれてくる魔物に竜の因子を与えることができる。筋力、耐久、魔力、特殊に補正大。オリジナルを使用する場合のみ【狂化】状態で生み出すことが可能。【狂化】状態で生み出した際には知性・理性をはく奪する代わりに、幸運を除く全能力補正極大』

俺たちをあそこまで追い込んだ。【竜】か。

なるほど、【狂化】は必須ではないのか。

普通に魔物を生み出しても竜は強い魔物が生まれやすい。

だが、少し俺の中に誘惑が生まれる。

仮に、Aランク二つに【創造】を加えた魔物を、【狂化】状態で生み出せば、いったいどれほどの魔物が生まれるのだろうか……

ストラスの咳払いで、我に返る。

「ありがとう。でも、本当にいいのか？　こんな強いオリジナルのメダルをもらって」

「いいの。アスタロト様がそうしろって言ったのよ。それに、私も【獣】のメダルをもらっているわ。もともと、【竜】の魔王アスタロト様と、【獣】の魔王マルコシアス様は仲がいいのよ。それと、アスタロト様からの伝言……『娘に敗北を教えてくれてありがとう。あの子はこれでまた強くなれる。そのメダルは感謝の印だ』」

【竜】の魔王アスタロトか。優しそうなお爺さんという見た目だが、本当に紳士的だ。

今度、ストラスに頼んで合わせてもらおう。

「あと、この子もあげる」

「この子は？」

小さな青い鳥だ。

見た目は鳩《はと》のよう。ランクはＤだ。

「この子は手紙を運べるのよ。私の魔力を覚えているから、手紙を足に括《くく》りつけて送って。私のほうも」

もう一匹、鳩の魔物を取り出す。

その鳩は俺の肩にちょこんと乗った。

そして何度か、首を傾げる仕草をすると、ストラスのところに戻っていった。

「あなたの魔力をこの子に覚えさせたから手紙が送れるわ。たくさん、手紙を書くからね」

どこかうれしそうにストラスは言った。

俺も笑い返す。

すると、両手が重くなった。

「ううう」

「ん」

左手にクイナが、右手にエルダー・ドワーフが抱き着いている。

おそらく、父親を取られると思っているのだろう。

そんなことはないのに。まったく、なんて可愛らしい子たちだろう。

「ああ、それともう一つ。マルコシアス様からも伝言があるわ」

「マルコから？」

「ええ、『いや、その、あのね。ちょっと君が変に注目を集めすぎて能力の分析とか、対策とか、そういうところに話題が転びそうだったからね、目先を逸らそうとしたんだよ。でもね、ちょっと思ったより燃えちゃって、うん、私も悪気はなかったんだよ。そこだけは信じてね。あとおめでとう！』」

何を言っているのかよくわからないが、とりあえず褒めてくれているらしい。

それからしばらくストラスと話をしたあと別れた。

この屋敷の使用人であるサキュバスがやってきて、その後のことを教えてくれた。

十分後には、ダンスホールで俺を表彰してくれ、さらに今回の戦いが余興なんてレベルを超えた

見ごたえがあるものだったとのことで、創造主から、俺とストラスに追加で褒美があるようだ。

クイナが口を開いた。

「おとーさん、【風】と【竜】が手に入ったね。これで、クイナたちの妹か、弟を作るの？」

「ああ、作るよ。とは言っても使うのは【風】だけだよ。【竜】はしっかりと考えて使いたい」

【竜】は諸刃《もろは》の剣だ。よく考えて使わないといけない。

「そーなんだ。【風】でどんな子を作るの？」

「それなんだけどね。強いだけじゃなくて、俺の夢を助けてくれる子を作ろうと思う？」

「夢？」

「うん、俺はさ。説得力がないかもしれないけど、戦いはそんなに好きじゃないんだ」

まぎれもない本音だ。

強くなければ勇者や他の魔王に食い物にされる。

だから、強くなろうとしているが本質的には避けられる戦いは避けたいと思っている。

「でも、それだと生きていけないよ。ごはん食べれない」

ごはんというのは人間の感情。魔王は人の感情を喰らって生きる。

DPを得る以外にも魔王が生きていくためにはダンジョンに人を誘い込ませないといけない。

「わかってる。だから、俺は街を造るんだ。みんなが思いっきり楽しめる街を。もちろん、水晶を壊させないように難易度の高いダンジョンは作るけど、その上に大きな街を造りたい」

そのための方法をずっと考えていた。

だから、まずは人間が住める環境作りだ。

豊かな土地、水源の確保、他の街へのアクセス。いろいろと課題がある。

その課題を解決するための魔物を作る。

「楽しそう」

「ああ、きっと楽しくする。ちなみにだけどね。新しく作る魔物は、【風】と【人】と……【星】で作るんだ」

「どんな、妹ができるか楽しみなの！」

「まだ、妹かわからないよ」

「ううん、おとーさんが本気で作る魔物。可愛い女の子に決まってるの」

それはひどい風評被害だ。

まあ、今までの結果がそうなっているので言い返せない。

そうこうしているうちに祝勝会に呼ばれた。

ダンスホールに入るなり、割れんばかりの拍手に迎えられる。

俺や、天狐、エルダー・ドワーフを褒めたたえる言葉が鳴り響く。

そんな中、ロリケルという単語がいくつか聞こえた。

……あいつか。犯人は間違いなくマルコだ。だから、あの伝言か。

後で、問い詰めよう。

そうして、壇上で褒美を受け取り、死ぬほど飲んで、喰って初めての【夜会】は終わった。

明日からは、ダンジョンと街造り、新たな【誓約の魔物】候補の【合成】。それに創造主からもらった素晴らしいご褒美の活かし方。

やることは無数にある。

それでも……。

「おとーさん」

「マスター」

「我が君」

いい配下に恵まれて、俺の魔王生活は最高に楽しかった。

番外編

クイナとエルダー・ドワーフの贈り物

THE DEVIL IS MAKING CITY

【獣】の魔王マルコシアスのダンジョン内に用意されているエルダー・ドワーフの工房。

そこはいつもより少しにぎやかだった。

「エルちゃん、クイナの銃。まだできないの？」

「……設計中。まだ時間がかかる」

キツネ耳の美少女が、銀髪の美少女に詰め寄っていた。

キツネ耳美少女はぷくーっと頬を膨らませ、銀髪の美少女のほうは、難しい顔をしてノートパソコンの画面を見ている。

「前のままでいいから、ぱぱーって作ってほしいの」

「それだとダメ。フルオート射撃を行ったら壊れるなんて、私のプライドが許さない。前回の戦いで得たデータを活かして改良しないといけない」

キツネ耳美少女は、天狐という全魔物の中でも最強に近い魔物で、この銀髪美少女は、鍛冶に適性があるドワーフの中でも最上位の種族であるエルダー・ドワーフだ。

彼女は、彼女の主であるプロケルが【創造】したショットガン。レミントンＭ８７０Ｐを改良し、威力を増すことに成功していた。

しかし、その銃は前回の戦いで酷使され壊れてしまった。

そのことは、彼女のプライドをひどく傷つけた。

エルダー・ドワーフは、武器は担い手と共にあるものだという信念がある。使い手より先に逝《い》くなど、武器としては失格だ。

だから、二度と壊れない。そんな武器を作り上げると誓った。

だが、その設計は困難を極めていた。

そもそも、ポンプアクション式の銃に自動装填機能を持たせたことで、構造上どうしてももろくなっているし、弾丸の大口径化とミスリルパウダーを使うことによって可能になった弾丸の威力向上は、反動を大幅に増やし、その反動を打ち消すための機構による複雑化が追い打ちをかける。

「じゃあ、ED—01Sは前のままでいいの」

「ん。それはそれで難しい。これをしばらく使って」

エルダー・ドワーフが渡したのは、レミントン870P。それは予備機として用意されていた銃で【創造】したままの姿の無改造品だった。

「ううう、エルちゃんのED—01Sを知ったあとじゃ、もう普通の銃じゃ満足できないの」

「その言葉はうれしい。だけど、前のままのED—01Sを作るのも、かなり時間がかかる。その分、さらに進化したショットガンの開発が遅れる」

ED—01Sはある種の芸術品じみた逸品だ。

彼女の配下であるドワーフ・スミスには任せられないうえに、作業に数日かかる。

「ううう、わかったの。もっと強い銃が使えるなら、それまでこの子で我慢するの」

「ごめん。自分の不甲斐なさが嫌になる」

エルダー・ドワーフは親指の爪を噛んだ。

今まで、彼女は作りたいと願ったものは、そのとおりに実現できていた。

しかし、ここに来て初めての壁にぶち当たったのだ。

「エルちゃん、ちょっと息抜きするの」

クイナが後ろから、エルダー・ドワーフに抱き着いた。

「なに、クイナ。忙しいから邪魔しないで」

「ううん、エルちゃんは、自分じゃ気付いてないけど、なんか、頭がこう、かーってなって。同じとこぐるぐる回ってる。そういうときは、一回頭の中を空っぽにするの」

子供っぽい容姿と、天真爛漫《てんしんらんまん》でくるくる変化する表情、自由気ままな性格で勘違いされやすいが、意外とクイナは周りを見ている。

そして、【創造】の魔王プロケルの魔物の筆頭であり、最初に生み出された一番のお姉ちゃんだから、みんなの面倒をみないといけないという使命感があった。

使命感とは別に、純粋に困っている妹の力になりたいというのもある。

「クイナにそんなことを言われるなんて、一生の不覚。でも、確かにそうかもしれない」

「エルちゃんのひねくれもの。一言余計なの。頭がぐるぐるしたときは、やらないといけないものじゃなくて、やりたいことをするべきなの！」

クイナの言葉を聞いて、エルダー・ドワーフは考え込む。

そして、ノートパソコンを操作して、一枚の図面を取り出した。

そこにはコートが描かれている。

当然ただのコートではない。素材にこだわり、鍛冶の技術だけでなく魔術による強化も設計思想に組み込んでいる。素材を加工する際に魔力との親和性を高め、特殊な糸を使い、裁縫のパターンを魔術的な意味を持たせた図形にすることで、魔道具と化す。

この図面どおりに作れば、規格外の防御力を持ち、軽量で動きを阻害しないコートを作れるだろう。

「かっこいいの。このコートはおとーさんのために作ろうとしてるの？」

「うん、マスターは重い装備を嫌ってる。でも、今の恰好《かっこう》じゃ心もとない。万が一、私たちの守りが抜かれてマスターが攻撃を受けたとき、マスターが死んじゃうかもしれない。だから、マスターが喜んでくれる軽くて動きやすい。でも、どんな攻撃からも守ってくれる。そんな防具を作りたかった。少しずつ、アイディアを、書きためて形にしたのがそれ」

エルダー・ドワーフは少し、顔を赤くしながらぼそぼそと呟いた。

彼女は、主であるプロケルへの好意を表に出すのを恥ずかしがる。

「素敵なの！　すぐに作るの！」

「設計は終わっているけど、材料が足りない。【紅蓮窟】に出てくる魔物の素材が必要」

「なら、今からサキュバスに頼んで転移してもらうの！」

「マスターに話してからじゃないと」

「エルちゃんからのサプライズプレゼントにするの。そっちのほうがおとーさん喜ぶの」

エルダー・ドワーフはその言葉を聞いて、想像をした。

サプライズプレゼントで、コートを贈って喜ぶプロケルの顔を。

……悪くない。

「わかった。今から【紅蓮窟】に行く。頑張ってマスターのコートを完成させる」

そうして、二人はいそいそと外に飛び出していった。

◇

クイナとエルダー・ドワーフは、サキュバスに転移の依頼をして、【紅蓮窟】に来ていた。

プロケルにサプライズプレゼントをするためと伝えたところ、サキュバスは快《こころよ》く了承し、さらに黙っていることを約束してくれたのだ。

サキュバスは話のわかる女であり、可愛い女の子の味方だ。

久しぶりの【紅蓮窟】の狩りは順調だった。

もともと、通い慣れたダンジョンであることに加え、【風】の魔王ストラスとの戦いで、一気にレベル上あがったことでクイナたちは強くなっている。

「エルちゃん、そっち行ったの」

クイナの隣を黒ずんだ、子供ほどの大きさの二足歩行のとかげが走り抜けていく。彼女の背後にいるエルダー・ドワーフを狙い、今にも炎を吐き出すそうとしていた。ちかちかと口内から炎が漏れている。

「わかってる」

エルダー・ドワーフは別の魔物を倒し、空になったアサルトライフルの弾倉を素早く交換して照準をつける。

エルダー・ドワーフのアサルトライフル、H&K HK417が火を噴き、大口径の7.62㎜弾が吐き出される。

二足歩行のトカゲの魔物が頭を撃ち抜かれ絶命する。体が青い粒子になって消え、最後に黒い皮を残していった。

そう、ドロップアイテムだ。

魔物たちは倒されると青い粒子になって消えるが、まれに強い魔力が集まった部位が残る。

「ふう、このアイテムで、素材が揃った。これだけあれば、マスターのためのコートが作れる」

エルダー・ドワーフがほんの少し、表情を緩める。

ほとんど一日中狩りをして、なんとか必要な素材を集め終えた。

体を動かし、ほどよく火照った体が心地いい。

煮詰まっていた頭がすっきりした気がする。

いや、気がするだけじゃない。

実際にアイディアが閃《ひらめ》いた。ネックになっていた技術的な問題をすべてを解決するアイディアだ。

気付いてみると、逆にどうしてそんな単純なことすら気付かなかったんだと悔しくなる。

クイナのいうとおり、自分は相当視野が狭くなっているらしい。

「クイナ、ありがとう」

目を合わせて言うのが照れくさくて、顔を反らしながら、エルダー・ドワーフはお礼を言う。

「やー♪　クイナはお姉ちゃんだから妹の面倒を見るのは当然なの」

普段なら、エルダー・ドワーフはお姉さんぶりクイナに少し反発するが、今日はそんな気になれなかった。

素直に受け入れ、ぎゅっと彼女の手を握る。

「クイナ、新しいショットガンには期待して。すごいのができるから」

「いいアイディアが浮かんだの？」

「ん。私らしいやり方で、やればいい。それだけだった」

「楽しみなの！　おとーさんのコートができたら、作ってほしいの！」

「約束する」

クイナがはしゃぎ、エルダー・ドワーフがはにかみ。

そして、帰路についた。

◇

エルダー・ドワーフの工房に二人は戻ってきていた。

エルダー・ドワーフは素材を作業机の上に広げ終わり、いつでも作業に入れる状態になっていた。

「エルちゃん、コートを作るの見てていい」

「別にいいけど。そんなに面白いものじゃない」

「ううん、エルちゃんの職人技を見ていると、楽しいの！」

「わかった。コートはそんな難しい加工じゃないから、すぐに終わる」

そう言うなり、魔物の革を手に取り、理想的な形に裁断していく。

さまざまな種類の魔物革を、数十の理想的なパーツに瞬《またた》く間に変えてしまった。

さらに、素材ごとに薬品につけたり、火で炙《あぶ》ったり、魔方陣を彫り込んだり、魔石のパウダーを埋め込んだり、油を塗りこんだりと、さまざまな加工を加える。

一通りの作用が終わると、今度は糸と針を取り出した。

糸は蚕《かいこ》の魔物の繭《まゆ》を素材にしていた。その糸は魔力を通しやすいし、信じられないほど丈夫だ。

その糸にエルダー・ドワーフの魔力がゆっくりと染みわたっていく。

そして、加工が済んだ魔物の革を次々と縫い合わせていく。

縫い目の一つ一つに魔術的な意味を持たせる。

魔力が通った糸で魔術的な意味をもった刺繍をすると恒久的な魔術効果を付与することが可能になるのだ。

それにより、魔物の素材の優秀さと、相乗効果が起き、さらに優れた防具となる。

とはいえ、誰にでもできるわけではない。一歩間違えば逆効果に陥る。エルダー・ドワーフだからこそできる絶技だ。

クイナはじっと、目を輝かせエルダー・ドワーフの作業を見つめていた。

超精密作業を、神速で、しかも魔術制御と並列で行う。

目に留まらないほどの速さで動く両手、現れては消える無数の魔術式。

その絶技は、もはや芸術的でどれだけ見続けても飽きない。

そして、ついにエルダー・ドワーフが渾身《こんしん》の力を込めて作ったコートは完成する。

それは防具として優れているだけではなく、見た目も威風堂々としたもので、魔王であるプロケルにふさわしいものだった。

「うわぁ、エルちゃん、かっこいいの。おとーさんにすごく似合いそう」

「ん。我ながらいい出来」

エルダー・ドワーフが、満足そうに鼻息を荒くする。

彼女には、これほどの作品なら絶対にプロケルは喜んでくれるという確信があった。

クイナも、よほどコートに惚れ込んだのかさっきから、もふもふの金色の尻尾をぶんぶんと振っている。

エルダー・ドワーフは、揺れる尻尾を見て、ふと頭に閃光《せんこう》が走った。

そう、完成した今になってさらなるアイディアが浮かんだのだ。

このコートはもっとよくなる。

だが、思いついたアイディアを実現するには優しくしてくれた、姉であるクイナに犠牲を強いる。それは避けたい……。それでも、根本が技術バカのエルダー・ドワーフは、思いついたアイディアは試してみないと気が済まない。

「クイナ、このコートをもっとよくする方法が浮かんだ。見た目も更にカッコよくなる」

「これがさらにすごくてかっこよくなるの？　なら、絶対にやるべきなの！！」

「だけど、必要な材料が一つ増える。そして、その材料は手元にない。これ以上クイナに迷惑かけられない」

この言葉は、最後の一線。

もし、ここでクイナが否定すれば思いとどまろう。だけど、もしクイナが許してくれれば……。

「気にしないでいいの！　そんなすごいコートなら、絶対見たいし、おとーさんのためなの。いくらでも協力するの！」

エルダー・ドワーフがにやりと笑う。これで言質《げんち》が取れた。もう、ためらう必要はない。

「必要なのは、Aランク以上の魔物の強力な魔力が宿った毛。それを糸の代わりにして特殊な刺繍《ししゅう》する。火と相性が良くて、魔術的な意味合いを考えると金色であることが必須」

「そんな魔物、心当たりがないの。エルちゃん、心当たりがある？」

もちろん、エルダー・ドワーフには心当たりがある。

「うん、ある。クイナが協力してくれればすぐにでも手に入る」

「そうなの？　ならクイナ、協力するの！」

「そう、わかった」

　エルダー・ドワーフはぎゅっと、クイナのもふもふ尻尾を掴んだ。

「きゃっ、エルちゃん、何するの！　尻尾をいきなり触ったらエルちゃんが相手でも怒るの！　尻尾はデリケートで、クイナの宝物なの」

　尻尾の毛とキツネ耳をピンッと立ててクイナは、怒りの声をあげる。

　しかし、エルダー・ドワーフはひょうひょうとした様子だ。

「ちゃんと、断りは入れた。クイナ、協力してくれるって言った。ここに、Aランク以上の魔物の強力な魔力が宿った、金色の毛がある」

　クイナの背中に嫌な汗が流れる。

　まさか、まさかとは思うが。

「もしかして、もしかして、エルちゃんがほしい素材って、クイナの尻尾の毛なの？」

「うん、そう。クイナの協力を感謝する」

　それは、それは、いい笑顔をエルダー・ドワーフは浮かべる。

　クイナは青い顔をして震え始める。

「マスターのため。我慢してクイナ。最高の防具が作れる誘惑、私には振り払えない」

「やーーーーーーーーーーーーーーーー！」

　そうして、クイナの悲鳴が工房に響き渡った。

◇

「クイナ、エルダー・ドワーフ。どうしたんだ？」

二人は、プロケルと共に住んでいる家に戻ってきた。

プロケルは居間でお茶を飲みつつ、何かしらの書き物をしていた。

彼は二人の様子を見て驚く。

顔を伏せ落ち込んだ様子のクイナと、どこか、上機嫌そうなエルダー・ドワーフ。

「マスター。プレゼントがある」

エルダー・ドワーフが、大事そうに抱えたコートをプロケルに手渡す。

「これは？」

「マスターの防具は貧弱。それだと命の危険がある。だから、頑張って防具を作った。性能は保証する。アサルトライフルぐらいなら耐える」

プロケルはまじまじとコートを見る。

そして、驚いた。

一目見て、その威風堂々たる佇《たたず》まいに心を奪われた。見た目も素晴らしいが防具としての性能も高い。

常々、自分の見た目は魔王にしては、頼りない印象を与えることを気にしていたが、これを纏《まと》えばそのイメージを払拭《ふっしょく》できる。

それにこれだけの防具を纏えば生存率が跳ね上がる。

これは非常にありがたい。

「ありがとう。恰好いい上に素晴らしい防具だ。特にこの金色の刺繍がかっこいいね。とても強い力を感じる」

「それができたのはクイナのおかげ。私よりもむしろクイナを褒めてあげて」

プロケルは少し驚く。

クイナは戦闘専門だと思っていたが、こんなことまでできたのか。

彼はクイナの頭に手を置き撫でる。

「クイナ、俺のために頑張ってくれてうれしいよ」

クイナが伏せていた顔をあげる。微妙に目が潤んでいた。

「おとーさん」

「どうしたのかな」

「おとーさん‼」

クイナががばっと、プロケルの胸に飛び込んで抱き着いた。

そして、わんわんと泣き出した。

プロケルがあたふたとして、クイナを宥《なだ》める。

すると、クイナが口を開いた。

「クイナ、クイナ、汚されたの！　エルちゃんにクイナの大事なところ、無理やり蹂躙《じゅうりん》されたの！

エルちゃんがひどいの！」

あまりな口ぶりに、プロケルは茫然《ぼうぜん》とした顔でエルダー・ドワーフを見る。エルダー・ドワーフのほうも頬を紅潮させて取り乱していた。

「クイナ、なんて言い方を⁉　変に聞こえるから止めて！」

「変なことなんて言ってないの！　ただの事実なの！　エルちゃんのバカ！　あんなに強引に、手を突っ込んで、それから力任せにするなんてひどいの！　大事なところだって言ったのに！　止めてって言ったのに！」

「確かにそうしたけど」

「痛かったの、すごく痛かったの」

「それは謝るけど、マスターのために」

「クイナ、エルダー・ドワーフ。いったいおまえたちは何をしていたんだ……」

それから、しばらくクイナは誤解の種をまき続けた。

そのあと、エルダー・ドワーフがすべての誤解を解くまでには、随分と時間は必要だった。

すべてが終わったあと、プロケルは改めて二人にお礼を言って、【創造】でとびっきりの御馳走を用意した。

【創造】は、しばらく戦力の充実のために使うと決めていたが、可愛らしい二人が自分のために頑張ってくれたのだ。たまにはいいだろうと自分を納得させる。

「おとーさん、美味しいの！」

「ん。甘くて、すっぱくて、これ大好き」

二人は御馳走を喜び、そして最高の笑顔を見せてくれた。

プロケルにとってその笑顔は、最高の防具よりも、素晴らしい贈り物だった。

もうすぐ、このダンジョンを出て目標である街造りを始める。

たくさん人間を呼ぶのも大事だが、人間より前に自らの魔物たちが幸せに暮らせる街にしよう。

そして、何があっても水晶を守り抜き、魔物たちを消させないだけの戦力と罠を用意する。御馳走を頬張って幸せそうにしている二人を見てプロケルはそう決意をしていた。

あとがき

『魔王様の街づくり』を読んでいただき、ありがとうございました

著者の『月夜　涙』です。

本小説では、魔王として生まれたプロケルが幸せな街を作っていく物語です。

魔王は感情を喰らわないと生きていけない。他の魔王は効率のいい恐怖や絶望を喰らっているなか、プロケルは笑顔や幸せを望み、そのために街を作ります。理由は簡単、そっちのほうが楽しそうだから。

そんな理想を叶えるために魔王の能力で作り出した可愛い魔物たちと共にがんばっていくプロケルを、是非応援してやってください。二巻では、本格的な街づくりが始まりますよ。

宣伝

十月に別のレーベルになりますが、『お菓子職人の成り上がり』というシリーズをMブックスさんというレーベルで始めました。

こちらは天才パティシエが異世界の貧乏貴族の長男に転生して、領地経営をしながら世界で一番

のお菓子職人を目指すという物語です。

魔王様を読んで、面白いと思ったのなら、こちらも是非読んでみてください。

謝辞

鶴崎貴大先生、素晴らしいイラスト感謝です。エロ、可愛くてそれでいてちゃんとプロケルへの信頼を寄せているクイナとロロノの表紙を見たとき、感動しました。二巻以降のイラストも楽しみにしています。

魔王様等のライトノベルのゲームイラスト等他分野で活躍されている鶴崎先生を影ながら応援させていただいております。お仕事頑張ってください！

担当編集の木村様。割とめんどくさい性格の作家である私を拾ってくださり感謝です。仕事の面では、いつも誠実で迅速な対応ありがとうございます。

ＧＡ編集部と関係者の皆様。デザインを担当して頂いたＡｆｔｅｒｇｌｏｗ様、ここまで読んでくださった読者様にたくさんの感謝を！　ありがとうございました。

GAノベル

魔王様の街づくり!
～最強のダンジョンは近代都市～

2016年12月31日　初版第一刷発行

著者　月夜涙
発行人　小川 淳
発行所　〒106-0032　東京都港区六本木2-4-5
SBクリエイティブ株式会社
03-5549-1201　03-5549-1167(編集

装丁　AFTERGLOW
印刷・製本　中央精版印刷株式会社

ISBN 978-4-7973-9000-1
Printed in Japan

ファンレター、作品のご感想をお待ちしております。

〒106-0032　東京都港区六本木 2-4-5
SBクリエイティブ株式会社
GA文庫編集部 気付

「月夜涙先生」係
「鶴崎貴大先生」係

本書に関するご意見・ご感想は
下のQRコードよりお寄せください。
※ご記入の際、特殊なフォーマットや文字コードなどを使用すると、
読み取ることが出来ない場合があります。
※中学生以下の方は保護者の了承を得てからご記入ください。
※アクセスの際や登録時に発生する通信費等はご負担ください。

http://ga.sbcr.jp/

瀬川くんはゲームだけしていたい。

中谷栄太

イラスト／ちり

ゲーム三昧の日々を全力で過ごし、それ以外には極力エネルギーを割かない――それが瀬川世一《せがわよいち》の信条だ。だが、エンカウントは望まなくても勝手に発生する。真っ当な青春を送らせようとしてくる幼馴染みを始め、和ゲー復権を目指して『実況動画制作部』に勧誘してくるお嬢様ゲーマー、リアルでのパリィ練習につき合わせようとしてくる洋ゲーアクション好きの巫女、そしてＦＰＳ上級者の女子小学生らの登場で、世一の静かで穏やかなゲーマーライフは侵食される一方!?

月とうさぎのフォークロア。

St.1 月のない夜、あるいは悩めるうさぎ。

徒埜けんしん　イラスト／魔太郎

「……朔《さく》、いそいで」

朔の手を摑《つか》んで走るのは、稲羽白《いなばしろ》。長く透きとおった絹のような髪を持った美少女だ。ここは白のような『神人《しんじん》』と人間が共存する異世界。そんな世界で朔の家は他家と抗争を繰り広げていた。命を賭し、生と死が隣り合わせの日常のなか、学校生活では一転朔を巡ってヒロインたちの想いや様々な思惑が交錯《こうさく》して——!?　月欠けた夜——血に塗《まみ》れた神々が白き神人を紅く濃く染める、第８回ＧＡ文庫大賞《奨励賞》受賞作。